兵团文艺精品工程扶持项目

开往塔克拉玛干的火车

刘永涛 著

新疆生产建设兵团出版社

图书在版编目(CIP)数据

开往塔克拉玛干的火车 / 刘永涛著. -- 五家渠：新疆生产建设兵团出版社，2021.10（2024.4重印）
ISBN 978-7-5574-1659-1

Ⅰ.①开… Ⅱ.①刘… Ⅲ.①中篇小说—小说集—中国—当代 Ⅳ.①I247.5

中国版本图书馆CIP数据核字(2021)第197302号

开往塔克拉玛干的火车

出版发行	新疆生产建设兵团出版社
地　　址	新疆五家渠市迎宾路619号
邮　　编	831300
电　　话	0994-5677185
发　　行	0994-5677116
传　　真	0994-5677519
印　　刷	永清县晔盛亚胶印有限公司
开　　本	890毫米×1240毫米　1/32
印　　张	6.25
字　　数	170千字
版　　次	2021年10月第1版
印　　次	2024年4月第3次印刷
书　　号	978-7-5574-1659-1
定　　价	60.00元

目录

弃儿　1
失踪的父亲　83
绿皮火车　159

弃儿

1

谷雨那天,全连的男女老少都窝在连队朝西阿毛的地里作牛马样。张发生性子急,赶在清明前播的种。播种那天,他老婆就说是不是早了点,天气预报说今年清明雨水大。张发生觉得老婆嘴碎,骂了一句:你懂个啥,什么都要赶早,老天看着哩。面对张发生的神秘样,老婆犯傻了:老天看啥哩?张发生火了:看你傻样……

清明几天,雨一场接着一场,下得张发生心里霉得慌。他跑去找连长说,这雨真下得不算小哩。连长看着淋得半湿的张发生,拿出烟杆,在他秃头上磕了磕,装上烟丝点燃,吧嗒了两口,斜了一眼门外细丝般的雨说,不打紧哩……

张发生放心了,回到家对老婆说,连长说不打紧哩。老婆的愁容里绽出一丝半信半疑的光来:真不打紧?张发生厌恶地看了老婆一眼,老婆不过三十出头,由于经年累月在地里操持,再加上一

开往塔克拉玛干的火车

张苦瓜脸,简直撑得上五十岁的老太婆。张发生不由骂上了:你这个丧门星,雨都是你招来的……老婆一哆嗦,傻在那里。

连长说不打紧,还就不打紧。连里别人家的地都顺顺利利地出了苗,歪斜的苗还不到二十分之一,打个屁的工夫就把棉苗全解放了。不过张发生家的除外,他家的地由于地势低,再加上播得早,出苗率竟然还不到十分之一。张发生的地多,不光有自家的地,还常年种着阿毛的地。

张发生舍不得雇人,现在雇个人一天就得一百二。把一张张"老人头"塞给别人,不亚于给自己嘴里塞一把蛆。张发生就带着老婆干,还捎带上十一岁的丫头。丫头不愿意,说老师不让请假。张发生没有二话,上去就是两个嘴巴,一边一个,一样的鲜红。丫头哭过一鼻子后,就把小小的身子拱在地里了。

张发生先从自家的地干起,虽然阿毛的地也是手背上的肉,但还是不及手心的肉温厚。整整一个星期,张发生带着老婆、丫头吃在地里、屙在地里、睡在地里,白天就着日头干,晚上就着月光或打着应急灯干,也只不过是把自家地里的棉苗解放出来。

一个星期后的黄昏,望着旁边阿毛的地张发生心里就一阵阵犯虚。他从地里抬起疲惫不堪的身子问老婆明天的天气。老婆有气无力地说,到三十度了。张发生吓了一跳:那薄膜下起码得有四五十度,棉苗还不得活活烫死。

张发生心里就像着了火,连老婆都顾不上骂,歪斜着身子去找连长。见着连长,张发生挤出苦兮兮的笑把纸烟递了过去。连长没接,把自己的烟杆拿了出来。张发生把气运到头顶,等着敲打。连长的烟杆如期磕在他的头上。连长这次敲得比哪次都狠,张发生眼冒金星,一时弄不清自己身在何处。连长骂道,你还真能撑,我就看你来不来找我。前几日,狗子他们路过张发生的地时,问要不要帮手,张发生拒绝了,屁牙几个也过来了,张发生还是不松口。连里的人火了,说,谁稀罕那几个臭钱,到时你求我们,我们都不来呢,谁来谁是你孙子……

张发生缩着脑袋,哀求着说,连长,你老就行行好,过了明天,苗都得活活烫死。

连长说,那行,一人一百五。

张发生一惊,伸直了脑袋说,连长,这可有点趁火打劫了,我主动加十块,一百三行不?

连长说,少一分都不行,这是给你点教训,让你一天围着钱眼打转。

张发生呆立了半晌,终于咬着牙说,行,一百五就一百五。说完,心疼得眼泪都下来了。

谷雨那日凌晨,天刚麻麻亮,连长家的狗就叫了。连长家的狗一叫,别人家的狗便也跟着叫,远远近近的狗叫声响成一片,连里的清晨就开始了。

村民及孩子聚集在张发生的地里,一字排开,一人两行,从条田这头到条田那头。活很简单,把歪斜的棉苗从塑料薄膜下抠出来,扶正,再用铲子铲一铲土培在棉苗根部,一棵棉苗就算摆脱了阴火的煎烤,在微风中晃动着圆圆的脑袋,活了。

晌午的时候,连里人干到了条田的那头。条田的那头只有一棵树,一棵大榆树,少说也有上百年,枝繁叶茂,洒下一片厚实的绿荫。张发生径直把午饭挑到了树荫下。连里的午饭开始了。张发

开往塔克拉玛干的火车

生做了猪肉炖粉条,一副出血的派头。黑皮也挑着担子过来了,后面跟着扭动着腰肢的黑皮老婆。黑皮放下担子,里面是各种饮料与零嘴。连里就黑皮家开了商店,连里也就黑皮老婆不用下地干活,滋养出一身的细皮嫩肉,脸上浮着狐媚相。

黑皮脱掉衣裳铺在地上,露出一身黑得发亮的肌肉。黑皮老婆皱着眉,嫌弃那股汗味,捏着鼻子坐下了。黑皮老婆说,随便拿吧,年底了有了现钱再给。孩子们一哄而上,绿荫下成了一片欢乐的海洋。

首先是一个孩子发现大榆树的一条粗大的横枝上盘缠着白色的东西。他再看第二眼时,偷偷笑了,他故意惊叫一声说树上有蛇。连里人吓了一跳,定睛一望,都哈哈大笑起来。树上哪是蛇,盘缠在横枝上的是阿毛。阿毛脱了衣服,只穿一条裤衩,裸露着一身白肉,睡得人事不省。

连里没有一个人担心阿毛会从树上掉下来。这么多年的经验告诉村民,阿毛睡在什么地方,就会变成什么。此刻,他是树的一部分,牢牢地长在那里了。

屁牙打趣地说,黑皮,阿毛这身肉才算真正的白,估计你老婆都比不了。黑皮不高兴了,说,你懂个啥,天底下就我老婆最白。屁牙说,去吧,得让阿毛说才算数。黑皮老婆一点都不生气,她扭头望着树杈上的阿毛,眼里卧着白亮亮的日头。黑皮的脸挂不住了,晃动着油锤似的拳头要找屁牙算账。屁牙撒腿就跑,两人围着大榆树转圈。屁牙是有名的飞毛腿,跟戏耍似的,黑皮总觉得咬一下牙就能追上。咬了好几回牙,但总是差那么一点。最后,黑皮瘫在地上,天旋地转,直喘粗气。树下喧闹得厉害。但谁都知道,阿毛睡着了，才是真睡着了，纵使天上打个惊雷下来，也休想惊扰了阿毛的好觉。

连长是下午溜达到张发生地里的。连长背着手，脸上是威严的表情，看上去更像连长。张发生屁颠屁颠地过去，叫了声连长。连长说，差不多了吧。张发生说，托连长的福，还有一个时辰就全完了。连长把腰向后挺了挺，望着地头。他看见了树上的阿毛。阿毛站在树杈上，张望着远方的沙漠。

连长到了大榆树下，黑皮老婆还在树下睡觉，好看的脸上挂着一丝笑意，如同做着一场上好的春梦。连长的目光最终落在黑皮老婆裸露出的一段肚皮上。那段肚皮简直白得不像话，瞧着有点触目惊心。连长犹豫了一下，上去摸了一把。黑皮老婆顿时醒了，问连长干啥。连长愣了一下，才想起树上的阿毛，他指了指树上的阿毛。黑皮老婆顿时安静下来，她在嘴唇边竖起了一根指头，示意连长不要说话，然后抬起头，望着树上的阿毛，脸上的红晕如丢进石子的河水波纹层层扩散。

连长白摸了一把，心绪如开水般沸腾着。但他也不敢惊扰阿毛。他顺着阿毛的视线向前方望去，前方是延绵起伏的沙丘。看样子，阿毛在沙丘里又有了崭新的发现。阿毛十岁的时候，就指着那延绵起伏的沙丘说那里过去是海。连队里的人没有一个信他的，虽然有的孩子在沙丘里捡到过风化的海螺。

阿毛语出惊人的第二年，副师长就陪着一个地质学家来到了那片沙漠。连里人见过的最大的官就是团长，就都围着看。更让他们敬畏的是那个满头白发的地质学家，因为副师长在他面前都是一副屁颠样。地质学家告诉连里人说，这里过去是海。连里人

开往塔克拉玛干的火车

这才恍然大悟,觉得阿毛有两下子,和地质学家都平起平坐了。

一个时辰过去了,张发生的棉苗彻底地解放了。连里人便都聚到大榆树下。阿毛如同焊在了横枝上,还在望着远处的沙丘。连长不说话,全连的人就都不说话。连里的人就都仰着脖颈,看着阿毛。阿毛还是只穿着裤衩,身子沾着一层被风吹来的细沙,在黄昏的时辰里闪着黄亮亮的金光。

连里人望不下去了,脖颈酸透了,便都拿眼睛看着连长。连长干笑了一声说,阿毛,你看见啥了?阿毛如同入定般一动不动。连长把脸转向黑皮老婆,眼里充满期待。黑皮老婆脸上浮现出一丝骄傲,叫了声阿毛。黑皮老婆叫得娇媚,声音水蛇般在空气中一飘一荡。阿毛像被咬了一口,浑身颤动了一下,转过一张恍惚的脸。

阿毛哥,你望啥哩?黑皮老婆的声音越发温软,如同含着一包水。

阿毛说,你们看那些大大小小的沙丘像不像一座座坟墓。

连里人便把目光投入远处的沙丘,望了一会,觉得还真像一座座坟墓。连长和黑皮老婆也认为像,但又觉得并没有什么了不起。

阿毛把脸又转向沙丘,喃喃着说,埋葬着时间与死亡……

阿毛的声音虽低,连里的人都听见了,连里人闹不懂了,拿眼睛问着连长。连长也搞不太懂,又把目光转向黑皮老婆。黑皮老婆眼里含着笑,就像花朵突然绽放……

2

阿毛是一个弃儿。

弃儿

　　三十多年前那天清晨,连里的人来井边挑水,看见井沿边有一个蓝色暗花包裹,打开里面是一个婴儿。婴儿只有两个月大,长得周正,白白胖胖,睡得正香。村民们越聚越多,但谁都不知道拿这个婴儿怎么办。村民只好去找连长。连长望着睡不醒的婴儿说,先轮着给他奶,看看情况再说。

　　连里人到附近的连队四处打听,看有没有谁丢了婴儿。但都说没有。一个月后,连里人确定这是一个弃婴。连长发话说,谁要是收养了这个弃婴,奖励十斤白面,二十斤苞谷面。但那时连里的人在生育方面都极其能干,少则两三个,多则五六个,这孩子又不是亲生,收养下来别扭得很,也麻烦得很。整整一个星期,连长撂下的话,成了冬天的一块石块,又冷又硬,没哪个人接过来应承。

　　最终收养弃婴的是刘寡妇。刘寡妇之所以站出来,有不得已的苦衷。她男人死得难看。那晚,男人腹胀得厉害,跑到门外的一棵杨树下拉屎。天上雷声滚滚,他拉得艰难,全部力气和心思都在同下面较劲。他的付出终于得到了回报,正畅快时杨树被一道巨型闪电撕扯……

　　刘寡妇等了半天也不见男人回来,叫了几声也不见男人应,便打着电筒出门去寻。她照见男人在门外的杨树下趴着,一动不动。她过去把男人翻过来一看,整个人一段焦黑……

　　怎么死不好,要让雷电劈死。只有造了孽的人,才会让老天这般惩罚。面对连里人的议论,刘寡妇连悲伤的空闲都没有,心里装满惶恐,逢人便解释她男人三代贫农,不偷不抢,老实本分,路上遇见一只蚂蚁都舍不得踩死……连里人倒听得认真,脸上有了同情,但一丝狐疑始终不肯消散。刘寡妇足足解释了三个月,最终什么

开往塔克拉玛干的火车

都不会说了,见了谁都觉得低人一头。

刘寡妇提出要收养弃婴时,连长如释重负,他召开了全连大会,在会上,他号召连里所有的人向刘寡妇学习,同时建议按男人给刘寡妇算工分。全连的人没有异议。连长最后宣布刘寡妇今后可以挺胸做人了,那些传言都是迷信,以后谁也不许再说,谁再说、再提,就拉出去批斗。

刘寡妇给弃儿取名刘阿毛,跟她姓。刘寡妇没有奶,给阿毛喂羊奶。羊奶腥,但阿毛不觉得,吃得一个得劲。阿毛一岁了还不开口说话,刘寡妇问连里人。连里人说,男娃说话晚,有的一岁多才说话。但阿毛两岁了,还不肯开口。刘寡妇又惶恐了,难道这又是老天的惩罚?刘寡妇扑通一声跪在立着小小身子的阿毛面前:阿毛,你叫娘,叫一声就中,从此你是我祖宗。但小祖宗只是恍若隔世地望着她,死活不开口。刘寡妇憋屈得很,开始扯天扯地地哭。

连里的风言风语果然像她预料的那样又起来了。一个村民说,你这娃是个金娃哩,还真是金口难开哩,差不多三岁了吧,怕不是……刘寡妇的脸一下子灰得厉害,就像别人给她脸上撒了一把土。

但刚过三岁的一天,阿毛突然指着门外的杨树说,树,那是树。刘寡妇有点不相信自己的耳朵,问,阿毛,你说啥?阿毛说,那是杨树。刘寡妇哆哆嗦嗦地说,那我是谁?阿毛说,你是娘,娘……

祖宗呐……刘寡妇哀号起来。

阿毛会说话以后,连队里人发现,阿毛和别的孩子还是不一样。别人家的孩子见着同岁的孩子,都透着天然的亲近与兴奋,想往一块凑,想一起玩。但阿毛淡然得很,别的孩子到了跟前,也能被阿毛眼里的冷光吓着,哇的一声哭出来。阿毛在连里没一个玩伴,但好像一点也不孤单。他望着一棵树都能望半天,一只蚂蚁也能盯上好几个时辰。刘寡妇也觉得怪异,问阿毛到底看啥呢。阿毛不响。

阿毛见着连队里的大人也只是望着。连里人觉得他的眼神奇怪,如同隔了一层纱,里面蒸腾着雾气,更像是看着你背后的什么东西。大人转身看了看身后,什么也没有,就问:阿毛,你到底看啥哩?阿毛像被什么拿捏住了魂魄,不言不语,恍恍惚惚。

连里的人就说阿毛是个幽魂。刘寡妇当然不愿意了,找到连长,哭诉连里的人在说阿毛的坏话。连长过来看阿毛。连里的孩子都怕连长,大的怕,小的也怕,但阿毛不怕,只是用恍惚而漠然的眼神与连长对视。连长瞅了阿毛好一会,笑着说,真严肃,比连长还连长,他娘,阿毛是做干部的料。

这下刘寡妇激动了,见谁都说连长下了定义呢,阿毛是做干部的料。连里人听刘寡妇这么一说,觉得邪门,再仔细一看,阿毛那派头,果然有干部的派头,严肃得像要做报告,看什么都认真得不行,就像在搞调查研究。连里人就说,还是连长眼尖,会看人哩……

阿毛四岁的时候,连里的地又重新划分给个人。刘寡妇又来找连长,哭得一把鼻涕一把泪,说地里的活重,一个人实在应承不来。连长在连里的大会上就发了话,说刘寡妇一个人带着娃不易,该发扬风格就发扬风格,该帮衬一下就帮衬一下。

连长发完话没几天,连里人就发现张发生的爹去帮衬刘寡妇了。当然,是晚上帮衬的。

开往塔克拉玛干的火车

自刘寡妇开放了自己身子下面的那块地后,连里分的地再不用犯愁,该播种时有人播种,该翻地时有人翻地,该秋收时有人秋收。

唯一的变化,刘寡妇成了全连女人的公敌。连里女人的唾沫星子能把刘寡妇淹死八回。

自从刘寡妇给连里的男人开放门户后,阿毛便不愿再睡在家里。

一天清晨,张发生的爹在自家麦田里发现了五岁的阿毛。阿毛睡得正香,嘴角处有一挂亮晶晶的涎水。张发生的爹有些恼火,阿毛把他家青绿的麦子压倒了一片。张发生的爹骂了一句,阿毛一点反应都没有。张发生便踢了阿毛一脚,阿毛还是不醒。张发生的爹便上去拉阿毛。张发生的爹也是有力气的人,干农活更是一个好把式,但邪门得很,竟然拉不动睡着的阿毛。这时,地边又过来两个连里人。几个人一起拉,但阿毛如同长在地上似的,还是纹丝不动。

连里的人觉得已不是邪门这么简单,目光里有了恐惧。他们去找连长。连长来了,试了试,同样没有反应。连长脑子不由一阵乱响,但连长毕竟是连长,他哆嗦着拿出旱烟抽了一口说,不慌,先瞅瞅再说。几个人就都瞅着睡着的阿毛,看着他衣服上、脸上的露水在升起的阳光下一点点消失……

阿毛突然醒了,连长几个抬头望了望太阳,感到了一丝暖意。阿毛坐起来,目光恍惚地望着连长。连长笑嘻嘻地说,阿毛,做梦了吧?阿毛说,是呀,做梦了哩,我梦见自己陷进地里,而且越陷越深,地底下有无数张嘴在对我说话,但他们都说得急,我想弄清他们到底说了些什么……

连长故作沉着地说,阿毛,估计是你身上的阴气太重,被埋在地下的先人拖住了哩,以后再不准睡在麦地里……

阿毛没有听连长的,连里的每块地他都睡了个遍。他睡着的时候,谁也叫不醒他,谁也拉不醒他。连里的人惶恐之外,只好认定连长的说法,阿毛是被先人占住了手脚,先人的亡灵在他身体里走动哩。

六岁的阿毛对远处的沙丘越发着迷,他一次次走进沙漠深处。那时沙漠里狼多,连里的人都告诫自家的孩子不要到沙漠里去,纵使大人进沙漠拉梭梭也是三人一群,五人一伙。但阿毛没把刘寡妇的告诫放在心上,经常早上出发,晚上才从沙漠里回来。当阿毛带着一身的细沙立在小小的院落,刘寡妇便把手里的树条子举起来,可举起来,又放下,再举起来,还是又放下。她下不去手,心里便更憋屈得慌,她用指头点着阿毛的脑袋说,你咋就不能省省心呢,你要是让狼叼走了,让娘怎么活,怎么活呐……刘寡妇数落完阿毛,不由又号啕上了。阿毛不说话,任刘寡妇数落,更任刘寡妇号啕,只把刘寡妇手里的树条子扯了过来,放在鼻子下细细地嗅着。刘寡妇号啕完了,阿毛还是一脸的沉迷。刘寡妇说,你这个傻娃,嗅啥哩?阿毛慢悠悠地说,上面有一股子水汽的味道……

一次,连里的几个大人在沙漠里拉梭梭时远远地看见了阿毛,阿毛就像一颗硕大的沙砾在风中走得无拘无束。大人们叫他,阿毛没有听见,继续走得缥缈。大人们刚想喊,又都住了嘴。大人们看见两只狼不远不近地跟着阿毛。大人们害怕阿毛有什么闪失,梭梭都不要了,跟着那两只狼。狼在平时机敏得很,但跟着阿毛,

11

开往塔克拉玛干的火车

就像被灌了迷魂汤似的,头也不回。大人们跟着阿毛和狼连续翻过了两座沙丘后,一致认定那两只狼压根没有要向阿毛下嘴的意思,相反,从狼半塌下去的腰和姿态来看,更像是两条跟着阿毛的狗。

大人们翻上第三座沙丘时,注意到沙丘下还卧着三只狼。大人们不敢再跟了。他们伏在沙丘上,眼睁睁地看着那三只狼也加入了追随阿毛的行列。阿毛越走越远,尾随的几只狼也越来越小。大人们觉得神奇,还是有些放心不下。

大人们拉上梭梭往回走,走到离连队最近的一座沙丘上,他们坐下来,开始等阿毛。阿毛是黄昏时分出现的。大人们看见阿毛彻底松了口气。让他们惊悚的是,阿毛身后跟着一群狼,起码有十几只。狼群看见沙丘顶上的大人,松散的目光里有了一丝警觉。但它们不动,默默地注视爬着沙丘的阿毛。

阿毛爬上沙丘顶端了,转身望着护送他的狼群,突然发出了一声嚎叫。那声嚎叫让大人们一阵毛骨悚然。狼群变得热切,发出声声长嚎,回应着阿毛,之后就如一阵风般向沙漠深处跑远了。大人们一个个目瞪口呆……

有时的夜晚,阿毛会梦游。

一天晚上,张发生的爹在连队里乱走。这时,一个纸片似的人影从对面过来,他以为遇见了鬼魂,整个人都僵在原地不敢动。等人影越来越近,就着月光看清是阿毛。他这才长出了一口气,叫了声"阿毛"。阿毛没有答应,仍旧一副恍惚的表情。阿毛走到跟前时,他抓了阿毛一把。阿毛的手湿冷如冰。他吓了一跳,赶紧松开。阿毛就这样从他身边走了过去。张发生的爹还是有些好奇,就跟在阿毛身后,看他到底会去哪。和他一样,阿毛竟然也是围着连队转悠。半个时辰后,阿毛转悠回村口的那棵大榆树下。大榆树有一个树洞。阿毛钻了进去,不久树洞传出细微的鼾声。张发生的爹这才意识到阿毛在梦游。

阿毛八岁上的学,是刘寡妇硬把他带到了连里的小学。阿毛不想上学,但在这件事上他没能拗过刘寡妇。阿毛在学校里不和同学们说话,上课时也不认真听讲。老师讲课的时候,阿毛就打开铅笔盒,里面有十几只蚂蚁,他捉出一只蚂蚁,放在课桌上,看那只蚂蚁从课桌那头爬到课桌这头。那一只只蚂蚁如同阿毛的士兵,而他就是检阅士兵的将军。有时,一堂课讲完了,他还没有检阅完,他便坐在那儿,继续捉出一只蚂蚁,让它来回爬动……

和阿毛同桌的叫三丫,她对阿毛的书包产生了好奇,问阿毛里面是什么,怎么老在动。阿毛没有说话,只是把自己的书包递给了她。她打开书包,一只四脚蛇从里面跳了出来。三丫尖叫一声,差点晕过去。两个胆大的男生过来翻看阿毛的书包,他书包里没有书本,装的都是毛虫、蜻蜓、屎壳郎……

让老师没想到的是,每次测验阿毛都能考满分,无论语文还是数学。老师当然没有表扬阿毛,只是把阿毛调到最后一排,让他一个人坐,免得阿毛弄得班里的女生大呼小叫,影响正常的上课秩序。教室后面的墙角结着一张蛛网,刚开始的时候,班里的孩子还用扫帚把它扫落,但没几天,一张崭新的网又挂在墙角。孩子们最终没能拗过那只倔强的蜘蛛,任由那张网捕获飞虫。阿毛坐在教室后面没两天,那只从未露面的蜘蛛竟然爬到了阿毛的书本上,在上面织网。蜘蛛把网织好了,重新回到暗处。而阿毛也看累了,一

开往塔克拉玛干的火车

头倒在书本上，睡醒后，一张网便印在了阿毛脸上。

阿毛十岁的时候，刘寡妇得了一场怪病，一下暴瘦如柴，下不了地，吹不得风。连长叫几个村民把刘寡妇弄到镇上去瞧，镇里的医生瞧不出什么，便往县里推。到了县里的医院，做了一堆检查，县里的医生也说不出个所以然来。村民们便给连长打电话，问该怎么处理。连长问县里的医生怎么说的。村民说，只能去省城看。连长说，人命关天，那就去省里吧。连长带上钱便往县里赶。到了县里，刘寡妇已经只剩下最后一口气，脸赤红得吓人。刘寡妇说，阿毛……连长后悔没把阿毛带上，他对刘寡妇说，放心，有我哩，亏不了他……

刘寡妇死了，连里的女人算是扎扎实实高兴了一回。而连里的男人都沉默不语，长吁短叹，耳朵尤其背得厉害，家里的女人得连喊带吼才知道说了些啥。刘寡妇死了三个月后，连里的男人才慢慢恢复正常。

3

从弃儿变孤儿，连里的人对阿毛充满了同情。刘寡妇的地理所当然由阿毛继承。连长鼓励连里人承包阿毛的地，收成的三分之一归阿毛。张发生的爹首先去找连长要求承包，但他提出只给阿毛地里收成的四分之一。连长上去就给他屁股踹了两脚：就你会算计，少一分都不行，否则我让别人来承包阿毛的地，你以为就光你舍得在地里出力气……张发生的爹合计了半天，最后还是按照连长的意思承包了阿毛的地。

刘寡妇死后,到了晚上阿毛还是不愿意住家里。他睡得最多的地方,还是村口那棵大榆树的树洞里。阿毛最显著的变化是话多了。他对连里人首先说起的便是沙漠。他说沙漠里不光有红柳、梭梭、肉苁蓉、骆驼刺、沙棘、芨芨草,还有沙冬青、芦荟、仙人掌、沙葱、蘑菇……连里有不少人到过沙漠深处,都觉得沙漠里除了风,便是沙,沙漠里什么都没有。连里人便问阿毛,沙漠里怎么会有蘑菇呢?当时天刚下过雨,阿毛说,翻过三座沙丘就有,我带你们去找。

连里的人便半信半疑跟着阿毛进了沙漠,翻过第三座沙丘,果然看见了一片长在沙地上的蘑菇,蘑菇状如拇指,菌伞奇小,一律呈现出灰白色,像被风沙吹旧了似的,拣起一个蘑菇捏在手里,质硬如石。连里的人困惑了,他们不下数十次走过这片沙沙,但从来就没见这片布满着细密纹路的沙地上长出过蘑菇。有人说,阿毛,这片蘑菇怕不是你变出来的吧。旁边的人就附和说,就是,怕是你阿毛捣的鬼吧。阿毛不说话,盯着沙地上一处微微隆起的地方。阿毛掏出小刀,挖开沙地,里面赫然一个蘑菇……

采完蘑菇,连里的人跟着阿毛翻过第四座沙丘时,看见一棵梭梭被人连根挖起扔在那儿,如同一段僵死的蛇。阿毛指着深深的沙坑说,外人来挖肉苁蓉了,它就长在梭梭的根部,这种东西可以滋阴壮阳。连里人半信半疑,但又想起确实曾看见一些陌生人在沙漠里出入。

连里的人爬上第五座沙丘时,一个个气喘吁吁。第五座沙丘是一座很高的沙丘,颇有一览众山小的意味。阿毛站在沙丘的顶端,指着远方的沙丘说,翻过第十三座有一个沙湖,不大,但水长年

开往塔克拉玛干的火车

不干,中午的时候,沙漠里的狼群会到那里饮水,这片沙漠里至少有十几个狼群,最大的狼群有三十多只狼,狼王的额头到鼻尖有一道白线……阿毛又说,野驴是下午时分到沙湖里饮水,而黄羊是黄昏时分来沙湖,就它们最警惕,数量也最多……

连里的人傻子一般望着远方看不见的沙湖,听着阿毛说。他们把眼睛都望痛了,阿毛还在那里说……

两天后,连里的人男女老少都集中在连部门口的大榆树下。大榆树的一根枝干上挂着一块废铁,这是连里的钟。跟着阿毛进入沙漠的几个人合计了整整一天,最终还是决定敲响这口钟,要把沙漠里的事情给大家讲讲。连长也来了,他脸上挂着显而易见的愠怒,他不明白到底有什么事能让几个连里的话痨一声不吭就去敲钟。

那几个话痨轮流说,相互补充也相互印证,连里男女老少听得目瞪口呆,他们不明白死人一般的沙漠怎么一转身就活过来了,那些看见没看见过的植物与动物就像是生长在一个自由的王国,还有那一座座沙丘,它们竟然也在生长与移动,如同蚂蚁搬家……一切就在他们眼皮底下发生,一切又如在另一个世界发生。

连里的人最终又习惯性地把目光转向连长。连长吧嗒着旱烟一声不吭,但他脸上的迟疑让连里的人有些半信半疑。这时,突然起了风,风很大,裹挟着的沙砾,迷住了每个人的眼,并打得脸一阵阵生疼。连里的人在无所适从中听着沙砾的呼喊,看着沙砾的狂舞,突然觉得沙漠就像一片沸腾的海洋……

阿毛说完沙漠就说连队。关于连队,阿毛说得更是邪乎。他说连队是沙漠射出的一滴硕大的精液,连里所有的树是雄性的,屋子与院落是雄性的,地里的牛、马、驴、鸡一律都是雄性的,当然,连里的女人也是雄性的……阿毛还说,每到十五的晚上,风会把自己含在嘴里,沙不动,连队里的每一条小路上都会浮现曾消失的脚印,那些脚印闪闪发光,越摞越高,能一直摞到天上,其实月亮是最明亮的一只脚印,是消失的岁月和人在地球的另一面走动、说话……

阿毛说沙漠倒也罢了,沙漠毕竟不是连里人每天生活的地方,但连队对连里人来说,那是万分熟悉的。连里人说阿毛脑子里灌满了沙,是痴人说梦。但阿毛不管连里人,他还在继续。他说起了村东的那口涝坝。涝坝虽然还有水,但早已被连里人废弃多年。阿毛说那口涝坝之所以一直在翻气泡,是一个人的冤魂在那里呼喊……

连里上了年纪的人听到后,不由想起了那个上海女知青。那些年,连队就分来一个上海女知青。女知青要求到最艰苦的地方接受再教育,上面便如了她的意,把她分到除了风就是沙的十九连。女知青长得稀罕,如同十九连唯一一棵不缺水的小白杨,她带来的东西更是稀罕,印有"上海"字样的手提包,屁股后面带口袋的细腰裤,还有雪花膏。连里的女人最喜欢的就是她的雪花膏,抹上它就变成了一个香女人,就有了呵斥自家男人的底气。连里人把女知青当神一样供奉,地里的活不让她干,连里最金贵的东西尽着她吃。女知青还办了连里第一所学校,一个人教着连里所有的孩子。

女知青在十九连的第三年春,团革委会的副主任专程来到十九连看望女知青。团革委会副主任对女知青关怀备至,甚至促膝夜谈。第二天一早,副主任走了,女知青却寻了短见,投了村东的

开往塔克拉玛干的火车

涝坝。那时的连长还不到三十,他摸着女知青冰冷的尸体才明白过来怎么回事。他给镇里写了告状信。镇委书记兼镇革委会主任把他叫去,说他胡闹,女知青事件已经定性,失足落水,正在给上面写材料申报烈士。但连长不愿意。镇革委会主任火了,说他再闹,就把他连长兼村革委会主任撸掉。连长说撸掉就撸掉,实在没什么意思,不讲天理啊。镇革委会主任一拍桌子道,什么是天理,组织就是天理!连长再也说不出半个字来,就像被人往嘴里塞了一把沙。

　　回到连里,连长觉得愧对女知青,也愧对连里人的议论。他一咬牙也跳进了涝坝。涝坝的水并不深,还不到胸口。连长会水,不知不觉间又浮了起来。他心里装满了泪,其实,他心里一直爱慕着女知青,但女知青身上的仙气让他一直不敢说道,死死摁在身体的某个犄角旮旯,让自己都不敢相认。但此刻,那些爱慕在水里一下子活了,成了一面水淋淋的镜子,让他觉得自己窝囊,不像个男人,只有死了才能得心安。连长从涝坝里爬上来,又一次跳了进去。

　　连长连寻了两回死都没能死成。连长不罢休,又继续往涝坝里跳。连里人赶来了,把寻死觅活的连长拉上来。连长精疲力竭地嘶吼、号啕。为了纪念女知青,连里的人不再喝涝坝的水,而是开始打井。打到第四口井的时候,井水不再苦涩,甘甜如饴,就好像女知青的泪水化成了她的那张笑靥……

　　连长听阿毛说起那个涝坝,心里开始打鼓。三天后,他带领连里人把那个涝坝用沙子填平。填平前,连长买了香火,隆重地祭奠了一番。让连里人没想到的是,那片消失的涝坝在第二年春上长出一片绿色的草来,一丛丛的,叶子呈锯齿状。连里人都没有见过这种草，便让阿毛来看。阿毛看了半天惊疑地说，这是复活草，也叫"还魂草"，问题是这个地方、这片沙漠都没有这种草。

阿毛不明白，但连长明白，连里上了年纪的人也明白。连长的眼泪下来了，老人眼里也有模模糊糊的泪光。望着那翠绿可人的复活草，恍若又看到女知青青葱的样貌。他们反倒觉得阿毛有些大惊小怪了，这里不长还魂草长什么，如果这里都不长，世界上还有哪个地方配得上长还魂草？

4

小学毕业后，阿毛又不想上学了，这回是连长逼着他到了镇里，只有镇里有初中和高中。到了镇里的中学后，阿毛给每一个认识不认识的同学讲他的连队还有那片沙漠。阿毛照例讲得神乎其神又云里雾里。同学们其实多多少少都知道一些，像是为了印证，星期六那天，他们带上干粮和水，结伴来到十九连。学生们围着十九连和那片沙漠整整走了一天半，但看到的景象令他们大失所望。回到学校后，阿毛就变成了彻头彻尾的骗子。阿毛被孤立，没有一个同学和他说话，纵使同是十九连的孩子也觉得丢人，每个周末回村时，他们都不再叫阿毛一起走。阿毛倒没觉得什么，他一个人骑着自行车更自由自在，一路走，一路看，有时还停下来去研究一下路边树上的鸟窝、树下的蚂蚁，一个时辰的路，他常常走到深夜。

初一暑假前，校长把阿毛找来谈话。校长从北大哲学系毕业，"文革"时来到镇里劳动改造。镇里稀罕他是个人才，便留他在镇上教书。"文革"结束后，平了反，本可以回北京，但在北京他没有什

开往塔克拉玛干的火车

么牵挂,父母已经病亡,和他志同道合的妻子在他打成"右派"的第二年也上吊自杀。他感念这方水土对他的恩德,最终留了下来。留下来便成了权威,别说镇长,连县里的领导见了他都毕恭毕敬。镇学校的教学质量甚至比县一中都要好。

校长是听一位老师说起阿毛,他觉得有点意思,但因为太忙,快放假时,他才又想起阿毛来。他便把阿毛叫到他的办公室。阿毛说的还是他的十九连和那片沙漠。校长听完便愣怔了好久。

假期第三天,校长便骑上自行车到了十九连。见着校长,连长激动得一点都不像个连长,手都不知道该放在何处,他哈着腰问校长有何指示。校长摆摆手说,没有什么指示,只是来看看,同时,也顺便看看阿毛。连长赶紧把阿毛找来。阿毛望着校长,照旧是一脸的恍惚。

阿毛陪着校长在连里走。路过村口的那个大榆树时,校长指着它问,是这棵树吗?阿毛说是,他过去就经常在下面的树洞里睡觉,它是连队的眼睛,连队里的什么事它都看在眼里,也是天地阴阳之气交合之处……校长对远远跟着的黑皮招了招手。黑皮颠颠地过来,激动得鼻头发红。校长说,你家有狗吗?黑皮说有,还是狼狗,是连里最厉害的狗。校长说,听话吗?黑皮说,听,最听我的话。校长说,那好,把你的狗叫来。

一袋烟的工夫,黑皮便带着自家的狼狗来到了大榆树底下。黑皮家的狼狗果然威风,目露凶光。校长说,让你家的狗钻树洞试试。黑皮便指挥自家的狗进树洞。奇怪的是,黑皮的狗走到树洞跟前,只是用鼻子一个劲地嗅,发出哼哼唧唧的声音,两条后腿直抖。黑皮的脸一下子涨得通红,他没想到自家的狗竟然在一个树

弃儿

洞面前成了稀货,更让他在无比敬畏的校长跟前丢了脸面。黑皮上去狠狠踹了一脚,狼狗"嗷"的一声蹿进了树洞,不过一秒,又"嗷"的一声蹿了出来,歪着脑袋,在路上疯跑。无论黑皮如何喊叫都无济于事。校长望着疯了般的狗,笑了。

一连两天两夜,校长和阿毛不是在屋里说话,就是在连里转悠。半夜了,连里人还听到阿毛和校长在连队里走动的响声。两天后,校长和阿毛带着干粮和水往沙漠里进发了。两人整整在沙漠里待了四天四夜。

当校长和阿毛重新站在村口的那棵大榆树下,连里的人发现校长的脸上也挂着一种恍惚的色彩,安静得如同一个孩子,就像整个人都融入阿毛的语言体系,成了另一个发现者。果然,校长对着连里的人说,阿毛不简单哩,他是个思想家,还是个哲学家。连长像被这顶硕大的帽子扣傻了,他弄不清一个神叨叨的阿毛怎么会成为一个思想家、哲学家。那得有多大学问才能称得上"家"啊。连长喘过一口气来,眼睛透出活泛,兴奋地说,阿毛是"家"了,是十九连的荣耀哩……

校长不光在十九连说阿毛是个哲学家,在学校里更是给阿毛定了性。一夜之间阿毛的身上罩上了一个巨大的光环。所有人都觉得阿毛的鬼话不再是鬼话,阿毛所说过的话都充满哲理,布满玄机。老师在课堂上对阿毛一次次表扬,并号召同学们学习他的深刻精神、思考精神。回十九连时,连里的孩子都争先恐后和他做伴。阿毛在路上停,他们也停,阿毛盯着一只鸟不放,他们也盯着一只鸟不放……

初中升高中时,十九连的孩子除了阿毛都没能考上。望着灰

21

开往塔克拉玛干的火车

头土脸的黑皮他们,连长恶狠狠地骂:都是一群吃土的命。阿毛上高中后,校长又来到十九连。校长对连长说,阿毛是块读书的料,上个重点大学一点问题都没有,他甚至希望阿毛能考北大的哲学系。连长哈着腰说,全靠校长栽培。校长说,我栽培什么,都是阿毛自己的本事,学业上来不得半点含糊,你们连里要多支持阿毛读书。连长说,放心好了,不光我支持,全连的人都支持。

校长走后,连长到镇中学打探校长论断的真实性。不打听不知道,一打听吓一跳,校长说谁能考上大学,谁就真能考上大学。连长是飘着回到十九连的,到了村口就敲钟。连长左手叉腰,右手里的烟杆把大榆树敲得"咚咚"响,连长眼里放着精光说,还真是的,我打听清楚了,校长说阿毛能上大学阿毛就准能上大学呢,上大学是什么意思,就是过去出状元。问问咱们附近连里有没有考上状元的,可咱们阿毛就能当状元,谁说咱们十九连是个兔子不拉屎的鬼地方,谁再说,我就骂他先人,咱们十九连是个梧桐树,马上就要飞出金凤凰喽……

听连长这么一说,连里的人也都激动起来了。连里的人激动完,连长便召集连里的干部开会,研究如何支持阿毛的问题。连长先问村干部怎么个支持法。村干部都不表态,拿眼望着连长。连长沉吟了一下说,要不还是从保障基金里出。村干部立马都表态,可以,但到底出多少得好好说道。毕竟救济款来之不易。

5

连里的救济款确实来之不易。上面每次来县里视察或调研,团里总把上面的干部往十九连带。也是神了，每次来，沙漠对十九连都充满体恤，风说来就来，一个劲地嘶吼，坚硬的沙砾如同敢死队队员死命地往干部身上冲。领导们睁不开眼，脸如刀割般生疼，鼻孔里嘴里都是沙。就着艰难的光线打量这个被风沙肆虐的连队，庄稼是灰扑扑的，随时都有可能被风沙吞没，纵使那一排排土房子也在无声地颤抖，领导们不由感慨万千，咬着"咯吱吱"叫的沙子骂：不容易，真是不容易，这鬼地方真是难为人了……

待到上面的干部回去后，给上级领导汇报，每次都会提到二十三团，更会提到二十三团的十九连。别的团的扶持项目与扶贫款，上面都在搞平衡，今年有，明年就没有，但二十三团年年都有，不光有，上面还会特意交代一定要多扶持十九连。上面的话，团里当然是要听的，但给多给少就是县里的事。除去牲口，十九连的人口还不到二百，县里从手里漏下一滴水，对十九连来说就是一条河。

在连长的建议下每年的扶贫款并没有进行下发，而是拿来成立了一个保障基金。保障基金首先便养活了连里的一个傻子和两个残疾，接着就是保障连里孩子每年的学费。连长在大会上胸脯一起一伏，如同一只骄傲的青蛙：谁个能保证自己没灾没病，这个保障基金其实就是一个幸福基金，只要是十九连的人，谁要是有过不去的坎，它就能帮衬着过去，保障基金的钱是十九连的钱，也是每个十九连人的钱……下面顿时沸腾起来。

在连里人的共同关注下，保障基金越搞越透明，也越搞越民主。每次保障基金的支出，都是由连委会提出，然后拿到大会上讨论，依照少数服从多数的原则进行处理。每次连里开大会时，首先一项便是公布保障基金的数目。虽然每年都有不同项目支出，但

开往塔克拉玛干的火车

每年都有节余,并且节余的数字越来越大,再加上这些年并没有什么天灾人祸,保障基金便越垒越高,一副欲与天公试比高的架势。连长每一次公布,都能引来连里人的一片欢呼,都能带来一种扎实的幸福。连里人不再羡慕附近连里涌现的万元户,比起保障基金来说,那简直是小巫见大巫,头发一根。连长说了,保障基金也是每个人的钱。连里人就一下子浮夸成了团里的首富。十九连的人在对保障基金充满浪漫的幻想中,一个个骄傲无比,幸福无比。

有得到就得有付出。既然每年都给十九连钱花,团里便对十九连有了规定,十九连的人不准盖新房,有钱也得藏着掖着,得继续装穷,装破败。团里有团里的道理,十九连要是新房一盖,上面再来人,还怎么要钱?这不光是断了十九连的财路,更严重影响团里的经济发展。团里便把不成文的规定传达到镇里,镇里把连长找来。连长是明白人,一点就通,接着便是把胸脯拍得震天响,说没啥子问题,谁敢建房,我就拆了他的房。连长的表态是好的,但还是招来镇委书记善意的批评:连长同志,现在做什么都得讲原则,不能简单粗暴,要给连里人摆事实,讲道理,要站在团里发展经济的角度讲,更要站在共同富裕的角度讲……连长说知道,他回去一定和连里人讲原则。

按照镇委书记的指示,连长召开了大会,讲了事实,也摆了道理。但连里人似懂非懂。连长这才意识到原则那一套不中用,要站在县里的高度更是扯淡。连长最后只好直说,谁要是建新房,连里的保障基金就没了。这下连里人全听懂了,说为了保障基金,不建就不建。

但总有执拗的。这也怨不得别人。自从地分给个人后,积极性就不用说,更重要的是十九连的地多,每家的地有些看似属于风沙的,但风沙退去后,归根结底还是属于十九连的。十九连的地在风沙的遮掩下,实属憨贼。十九连的人心知肚明,给上面报的亩数如同一只母狗,下的一窝又一窝狗崽全被十九连的人独占。当然,这也怨不得十九连的人奸猾,因为地理条件恶劣,没人愿意在十九连过活,女人也不愿嫁到十九连。上面对十九连也就睁一只眼闭一只眼,只要地不荒着就成。

地多,人更不懒。在十九连几乎找不到一个懒蛋,全是操持的命,再加上每家养的鸡、羊、牛,用连长的话说,都是一群会扒拉钱的货。连里的人有了钱就想建房,就像赌棍有了钱就想赌,理所当然,天经地义。

最执拗的当属张发生的爹。在会上张发生的爹就觉得连长讲得不对,广播他还是听的,家里的钱越多,就听得越认真,时时了解上面的动向。小匣子里天天鼓励村民们勤劳致富,就提到要建房。也就是说,连长完全没有按照中央的精神来执行嘛。张发生的爹当时就想站出来和连长理论一番,但他了解连长的脾气,更害怕连长给他穿小鞋,就没吱声。

连长不讲还好,这一讲,张发生的爹想盖房的欲望空前高涨,理想的潮水漫过了每一条筋脉。张发生的爹开始算账。账算完,张发生的爹自己都吓了一跳,就算盖上三间砖房,家底还在,竟然还算不上伤筋动骨。张发生的爹像被一团奇异的东西缠住,嗓子眼发涩、发苦……他也确实不易,那些家畜,自家的地,租种阿毛的地,哪样不耗他精气神,哪样他不是当牛做马,与牲口相比,他才是更任劳任怨的畜生。白天操持也就罢了,夜里他也没闲着。他也

开往塔克拉玛干的火车

有夜游的毛病,经常半夜起来,给猪喂食,给牛扔草,然后睡去……

张发生的爹感慨着自己受的苦,遭的罪,竟然抽泣上了。哭过一鼻子后,一股前所未有的豪气在前胸激荡,那是殷实的家底带给他的果敢,他如同一只飞到山巅的鹰,向下俯瞰滑翔,他觉得自己只要这样操持下去,所有可能的沟沟坎坎都能应付,都不在话下,他带着这样的自信与洞见再看保障基金时,就觉得保障基金不过是一只被吹大的肥皂泡,虽然五彩斑斓,但经不起捅,一捅就破,简直不值一提……

当连里人给连长汇报说张发生的爹一声不吭就把砖买回来的时候,连长不禁大为恼火,他急汹汹地去找张发生的爹。见着张发生的爹,连长习惯性地向腰里摸,才发现走得急,忘了别烟杆。张发生的爹淡然地给他敬了纸烟。连长抽着张发生的爹的纸烟,话说得软和:老张,还是土坯房好呀,冬暖夏凉,窗户大、亮有什么好,这里风沙大,还不是在给它们腾窝,再说,土坯房接地气哩,下面住着祖宗哩,祖宗要是上来走动走动,你能把他拒之门外吗,那是大不孝哩,什么事咱不能光为自己考虑,还得为过去的年月与生灵考虑不是……

张发生的爹愣了。连长也突然住了嘴。张发生的爹首先反应过来,笑着说,连长,这不是你的话,是阿毛的话哩。连长不由更加恼怒:什么意思,不是连长的话就不听了,不管是谁的话,说得在理就成。张发生的爹梗着脖子说,中央都鼓励建房哩,连长你倒是说说我建房是犯了哪条法。连长被问住了,擦擦眼睛重新打量一下张发生的爹,看样子钱还真是人的胆,有了两个钱竟敢硬气成这样,还拿中央来压他这个连长。连长一下子暴跳着说,看把你能的,实话告诉你,我说不能建就不能建,你给我建一个试试。张发生的爹不再言语,脸上挂着冷笑。

连长从张发生的爹家出来时,深刻意识到张发生的爹这回是犯上倔了,还真应了那句话,蔫人犯倔九头牛都拉不回。连长回去后,吧嗒了两口旱烟,冷静下来,也冷笑了一声,要收拾不住你这个蔫货,我这个连长权威何在,脸面何在?连长出了门,这回连长没有敲钟,而是四处发动群众,说张发生的爹好歹不分,死活要建房,这是拿连里的保障基金当儿戏。

连里人其实也想建房,但为了大局,也只好忍了,相比之下,连里的人就都看不起张发生的爹,有几个臭钱有什么了不起,还是连里第一个万元户哩,那境界只配去吃屎。连里人同仇敌忾孤立张发生的爹,指桑骂槐地给他一盆盆泼脏水。面对连里人的敌意,倔强的张发生的爹只当是连里人眼红他,嫉妒他,他第一次觉得自己不一样了,有了连队中心人物的感觉,就像是另一个连长,再也不是那个三棒子打不出一个屁的人了。

张发生的爹正自我感觉良好的时候,连长又来了。连长的脸板得就像村口大榆树挂着的铁,话更是决绝,扬言要收回阿毛的地。张发生的爹质问连长说,承包期不是还有三年吗?连长阴冷地说,那你拿出合同我看看。张发生的爹的脸一阵白一阵红,激愤得说不出来一个字。合同倒是有,可那是和连长口头的约定,他没想到连长说翻脸就翻脸,说不认账就不认账。

张发生的爹心情正晦暗的时候,家里的鸡竟然闹起了鸡瘟,两百多只鸡竟被瘟得一只不剩。奇怪的是,就他家的鸡害了鸡瘟,连里别人家的鸡该打鸣打鸣,该啄食啄食,欢蹦乱跳,啥事没有。不

开往塔克拉玛干的火车

光是鸡,家里别的牲畜也是一副委顿相,猪不好好拱食,牛不好好嚼草,就像得了什么说不清的病似的。

张发生的爹惶恐了,再也倔强不下去了。他敲开连长的门说他不建房了,回头他就把买来的砖贱卖掉。连长的脸已如一江春水,贱卖个啥,原价卖给连里,连里的学校实在不像个样子,我估算过了,你那些砖拉过去应该刚好够……

张发生的爹不建房了,瞬间连里的人对他的态度也转变了。但他开始做梦了,老是梦见自己住在一砖到顶宽敞明亮的新房里。他不光爱做梦,还变得神叨叨的,说给连里的人听。连里的人白他一眼说,你以为就你会做梦,我也老梦见住在那样的房哩……

6

到底该给阿毛支持多少确实是个问题。连长让连干部们先提。会计咬了咬牙说,二十?连长不言语。副连长试探性地说,要不二十五?连长还是不言语。妇女主任迟疑着说,三十?连长说,这个靠谱,我们得拿出态度与诚意才成,我打听过了,学校食堂里一份肉菜要五毛,除了早上那顿,咱们得保证阿毛顿顿有肉吃。

三十的标准便这么定下了,连委会拿到连里的大会上讨论,口号就是阿毛顿顿有肉吃。连长在大会上说,让阿毛顿顿吃肉是什么概念,那说明咱们十九连仁义,再说现在阿毛是咱们连的骄傲,是咱们连的心气,什么都可以丢,心气不能丢,什么都可以倒下,但旗帜不能倒下,阿毛就是我们插在镇里的一面旗帜,我们要让这面旗帜在猪肉的滋润下,飘出十九连的威风来……

弃儿

连长鼓动完,连里人显出高度一致的宽厚、大度,个别人甚至说要提到三十五。因为十九连的支持,阿毛成了镇中学唯一一个顿顿吃肉的学生。上高中后,阿毛每半个月回一次村,听说阿毛回来了,连里的人都会赶过去看,看了就觉得阿毛越长越白,越长越胖,更越长越高,就连恍惚的神情里也汪着一缕油气。连里人越瞧越高兴,越瞧越欣慰,是连里的钱也是每个人的钱把阿毛滋养成这副人五人六的德行,连里人就像看待自家孩子似的笑着骂:顿顿吃肉就是不一样,看把阿毛富贵的,简直就是过去的小地主……

高二的时候,连里把标准调整到三十五,因为学校的肉菜涨了一毛。进入高三,连里又把标准提到四十。肉菜虽然还是六毛,但连长说关键的时刻到了,阿毛每次考试都能进入年级前十,咱们这也算给他鼓鼓劲。连长说完,会计嘟哝了一句说,阿毛还有一次考了年级倒数第一。连长瞪了会计一眼说,那叫马失前蹄,再说也怪不得阿毛,他是考试时犯困睡着了,谁都知道阿毛睡着了,就不再是阿毛了。会计碍于连长的权威不再言语。

高考前夕,阿毛没有回村。连长就带着村干部去镇中学看阿毛。阿毛从学校里出来,一副睡眼惺忪的模样。连长把阿毛柔软细长的手紧紧攥在自己手里,直至攥出一手的油汗。连长苦口婆心地说,阿毛,上战场的时候到了,千万别给我掉链子。阿毛打了一个哈欠说,知道了。

阿毛进校门后,连长他们还盯着阿毛的背影不放,连长哀哀地喊:阿毛,给连里长次脸……阿毛没有转身,嘟囔了一句。连长他们侧耳聆听,阿毛的嘟囔被风吹远了,什么也没能听到。

高考当天,连长带领连里人一脸严肃地来到树口的大榆树下,

开往塔克拉玛干的火车

摆上条桌,放上贡品跟香炉。阿毛家没有祖坟,刘寡妇当然不算,既然阿毛说这棵大榆树通着天眼,那它就应该是个能显灵的地方。连长敬完香,对着大榆树扑通一声跪下,连里人也赶紧跪下,黑压压一片。连长一张嘴,虔诚地喊:老天爷啊,你开开眼吧,保佑阿毛旗开得胜,高中状元……

十九连的人在连里给阿毛祈福。阿毛却在考场上睡得人事不省。阿毛也明白高考的重要性,高考前也一直在苦学,每晚半夜才睡。但奇怪的是,高考的铃一响,那些积压的睡眠与劳累便集体来敲他的门,拉他的眼皮。他的眼皮深重得厉害,终于由不得他。考了四场,阿毛睡了三场,监考老师怎么都叫不醒他,只能由着他睡。到了第四场时,阿毛所有的瞌睡才算睡完。阿毛这才想起了十九连人的厚望与嘱托。阿毛感到懊丧、失落、愧悔,但说什么都来不及了,阿毛坐了一会,不着一字便交了卷。从考场出来,树上的知了叫得欢实。为了高考,阿毛好一阵没听过知了的叫,便坐在树下听。听着听着便听出了惬意,所有的烦忧也都烟消云散。

高考成绩出来后,阿毛毫无悬念地成了一个笑话。十九连也成了一个笑话。连长不信,打死都不信,阿毛就是考得再不好,也不可能是个零蛋。连长去找阿毛,但阿毛跑得不见人影。连长不罢休,去县教育局查分。一查,还真是个零蛋。

连长面如死灰地回到连队,连里人一望连长的脸就都明白了,心就都往下沉。黑皮说他看见阿毛了,刚进家不过半个时辰。连长气势汹汹地去阿毛家。阿毛刚躺下,还没合眼,这阵他躲连长躲得辛苦,刚猫进屋。阿毛起来,第一次怯怯地叫了声连长。

连长咬着牙,恨不得把牙咬碎,他恨阿毛丢了十九连的脸面和心气。他顺手拿过立在门边的一根门闩,砸在了阿毛的脊背上。连长下了死手。阿毛痛得夺路而逃。阿毛穿着一件背心,由于挂着一身的民脂民膏,跑得并不快。连长追上阿毛,又是狠狠的一门闩,阿毛的脊背立马隆起一道血肿。阿毛惨叫着继续跑。连里的人追着看。他们既恨又痛,毕竟这是阿毛第一次遭打。连里人眼看着阿毛身上的白背心在声声惨叫中变成了红背心……

打完阿毛,连长就一病不起。

校长来了。其实校长也怅然若失了好一阵,但校长突然就想开了,笑了,反倒觉得是自己的执念了。校长清爽起来,立马想到了阿毛,也想到了十九连的人。校长知道阿毛挨打的事,看过伤痕累累的阿毛,就来宽慰连长。校长对连长说,一切都是命哩,或许阿毛不上大学反而好,真上了,大学里的那一套怕是要把阿毛骨子里带来的慧根污秽了去。连长似懂非懂,但听到校长说上不上大学也不是什么要紧的事,心多少宽了,只忧心地问校长,阿毛不上大学还能干什么？校长说,他来自乡土,就回归乡土,一切由着他自己的性子去吧……

校长走后三天,连长从床上爬起来,在连队里转悠时,连里人发现连长一下子轻飘了许多,就像秋天里的一片树叶。连长到了张发生的爹家。张发生的爹有些紧张,知道连长来准没好事。果然,连长提起了地,连长说想让阿毛自己种。张发生的爹没多言语,说什么都是多余的,毕竟地是人家阿毛的。他不说,连长就当他是默认了。

出了张发生的爹家,连长不由又忧虑上了。阿毛不像连里别的孩子,别人家的孩子从小就在地里摔打,帮家里定苗、锄草、秋

开往塔克拉玛干的火车

收,不用教,样样都会,天生是侍候庄稼的主,也天生就是吃土的命。但阿毛从没有干过地里的农活。

连长又带着忧虑找到阿毛,给他讲种地的重要性,生活的重要性,娶妻生子的重要性。原因只有一个,他不上大学,就不会再有别的出路,就只能是一个农民。一个农民得有一个农民的本分与起码的追求。连长讲得语重心长,推心置腹。阿毛不言语,只是眨着眼睛看着连长唾沫星子横飞。连长讲得口干舌燥,嗓子冒烟,最终闭上嘴。阿毛到底懂了没有,连长不知道,估计阿毛自己也不知道。但看着连长伸长的脖子与探究的眼神,阿毛不好拂他的意,只得说,那就试试看吧。连长欣慰地笑了,感慨道:犬子可教,犬子可教呀……

7

第二年春上,虚岁二十的阿毛就像普通职工一样每天下地了。连里人出工他也出工,傍晚了,连里人回家,他也回家。阿毛虽然下地,但操心的却不是农事。种子是在张发生的爹和连长的操持下播完的。阿毛是这样想的,种子都到土里了,那么怎么长就是种子自己的事了。他操心的是他那块地虫子的叫声,青草的吃水声,中午地气上升的嗞嗞声,当然也包括种子发芽的声音……

经过细心聆听和观察,阿毛很快弄清了自己那块地各种虫子的种类、它们的思绪和爱恨情仇。他津津有味地进入虫子的微观天地,进入一棵青草的世界,心里震颤着清晨的露珠在太阳的照射下瞬间消失的叹息与幽怨,辨认着下一个黎明时分草尖滚动的那颗露珠是前生还是来世……

夏至刚过,阿毛的神思就被地头的那棵大榆树完全吸引了。像这样上百年的大榆树,全连只有两棵,一棵在村口,一棵在他的地头。他弄不清这两棵大榆树到底有什么渊源。他常年睡在村口大榆树的树洞里,对它最细微最本质的气息都已经了如指掌。但这棵大榆树他还是陌生的。他坐在它的树荫下,看着枝叶在日光中生长,看得久了,那些枝叶开始说话。他细细地听,打捞着一丝致命的气息。

大暑的那天,地头的大榆树就像是灵魂出窍似的发出了一声低吟,就像过去的岁月突然裂开了一个豁口,阿毛恍若看到树根里的年轮在旋转,如同一片沸腾的海面升起,他整个人都振奋起来,毫不犹豫地跳了进去,顺着一片波涛进入另一片波涛,向着时间的深处延伸……终于,他嗅到了那丝致命的气息,那是和村口大榆树一样的气息与味道,脉脉的,涩涩的,散发着青草的苦味……阿毛几乎可以断定,地头的大榆树和村口的大榆树本属于同一棵树,百年前,一个神秘的人分别把它们移栽到了两处……

连部门口的大榆树由于看了听了太多连里的事情,已经变得阴柔,在天地人的结合中,更多的是人与畜生的气息,它是多疑的,也是小气的,如同连里哪家的小媳妇,盘算着低矮的房子,精细的日子……而生长在地头的大榆树,它吸收得更多的是风的气息,沙的气息,旷野的气息,它屹立在天地间,唯一缺少的就是人的浸染,或许它也根本不需要这份做作的妩媚,它的野性与粗犷指向的是生命最初的形态,恣意昂扬,无拘无束而又生机勃勃……

对这块地真正上心的还是张发生的爹。阿毛的地他已种了多

开往塔克拉玛干的火车

年,已经种出了一种说不清道不明的情感。在连长的笑脸下,他帮衬着把种子播进地里以为就算完了,但埋在地里的种子在叫他,叫得他心神不宁。他只好踅到阿毛的地头看那些种子。那些种子已经发了芽,从泥土里钻出豆芽似的脑袋,绿绿地望着他,又绿绿地笑。好像他只望一眼,那些种子就会变成绿苗似的。他不由一阵感慨。

这些天那些绿苗又在叫他,闲挤得慌,并吵得他一次次从睡梦中惊觉。他在夜里把老婆推醒,问听见什么没有。老婆说,你是不是脑子出了问题,外面只有风吹着沙的声音。他只好又往阿毛地里去,对阿毛说,含糊不得,该定苗了。阿毛答应得倒是爽快,但身子沉得要命,就是不见动。为了能睡个好觉,张发生的爹只好帮着阿毛定苗,还拉上张发生一起干。张发生对爹的话一般都是听的,毕竟是他爹,但干过两回他心里就不平衡了,他和他爹定苗的时候,阿毛在地头睡得人事不省。张发生终于忍不住了:爹,你这是图啥哩,这已经不再是咱们的地了。张发生的爹没法给儿子解释清楚,不好再叫儿子,只好自己干,又劳累了几天才算把阿毛地里的苗定好。定完苗的当晚,张发生的爹才算是睡了一个踏实觉,直到日上三竿,醒来后浑身舒坦得如同一团稠密的风。

张发生的爹舒坦没几天,绿苗们又叫唤开了,这次叫得凄惨,还叫得火烧火燎,如同一把锉刀在一点点锉着他的神经。张发生的爹头痛欲裂,吃不下饭,睡不成觉,只好往阿毛地里走。看一眼干渴难忍的绿苗,张发生的爹心就不由一颤,那些绿苗见着张发生的爹叫得更凶了,隐约间甚至喊出了爹。他的眼泪一下子下来了,一脚狠狠踢在阿毛的屁股上,恶狠狠地骂:你个龟孙,苗都要渴死

弃儿

了你听不见吗,造孽,真是造孽啊……

浇苗用的水都是张发生的爹一担担挑过来的,费下了老鼻子的力气。浇完水,苗安静了,睡过去了,他身体里亏空的东西开始叫了。他也为自己这几天的辛劳叫屈,便找到阿毛说,阿毛,地虽是你的地,但你叔也没少操持,说句不好听的话,就是我在拾掇,你看这样行不行,我接着操持,地里的收成咱们五五分成。阿毛高兴了,他再也不用担心地里的农事了,也不用怕连长的脸色难看了,他说,别说五五分成,就是按照过去分也行。

张发生的爹心动了一下,但也只是一下,想到连长,他知道连长不会善罢甘休,便大度地说,还是五五分成吧,他心想,这样理在我这边占着,纵使十个连长找我说道,我也立得住,挺得直。

按照张发生的爹的意思,阿毛没把两人私下的约定告诉连长。张发生的爹也就自觉自愿地过来帮着阿毛操持。听爹说地里有一半的收成是自家的,张发生也不再有什么异议,除了操持自家的地,还过来帮着爹一起拾掇阿毛的地。蒙在鼓里的连长其实对阿毛也放心不下,可一次次往阿毛地里走,次次都看见张发生的爹在帮衬着这块地,不由暗喜,对张发生的爹也生出一丝敬佩来。庄稼人不愧是庄稼人,见不得地受一点苦,看不得庄稼遭一点罪。连长估摸着,在张发生的爹的帮衬指导下,过了今年,阿毛就会成长为一个真正的庄稼汉。

秋收前的一个月,张发生的爹突然病倒了。那是积压在他体内多年的劳苦回来讨债了,它们先是抵住他的嗓子眼,让他觉得嗓子发痒、发甜,张发生的爹禁受不住,一张嘴,吐出一口血来。张发生刚好在旁边,吓得魂飞魄散,要把爹往镇上的医院送。张发生的

开往塔克拉玛干的火车

爹死活不去,不光是心疼钱,也是不肯折腾——按照以往的经验,再不舒服,在家里躺两天缓缓就好。

让人没想到的是,体内的劳累不罢休,变本加厉地展开了反攻倒算,张发生的爹躺了一个星期了,过去那些力气还没能如期回来。张发生又提出去医院。张发生的爹火了:老子自己的身体,老子自己清楚,过几天再说!

张发生的爹刚病倒,阿毛的地里就长了"红蜘蛛"。那些红蜘蛛把一张张红色的网细密地结在棉苗的每个叶片上,阿毛瞧着有趣,直到白的、淡黄的花蕊处也布满了红蜘蛛的网,阿毛还没明白是怎么回事。他还在坚持不懈地寻找那神秘的蜘蛛。一天正午,阿毛一仰头看见了天上亮亮的日头,日头正在一片稀薄的云层里穿行,泛出一种冷光,如同他见过的蜘蛛那冰冷的眼神……

阿毛笑了,他再低头,棉苗上的花正一朵朵凋落。阿毛这才意识到大事不好,去找张发生的爹。到了张发生家,张发生正在给他爹熬药。张发生孝顺,自己到镇医院给医生讲了他爹的症状,医生给开了一些补气益肾的中药,说还是要让病人亲自来才是正道。张发生不好多说他爹的倔强,只是一个劲地道谢。回来后,张发生就把药给煎上了。

看见推门进来的阿毛,张发生也觉得纳闷,这段时间为了他爹的病,连自家的地都没能顾上。阿毛说找他爹。张发生说他爹正病着哩,下不了床。阿毛就让张发生跟着他去地里看。张发生就跟着阿毛出了门。

张发生远远地便看见阿毛地里火红一片,就知道红蜘蛛在横行。张发生慌了,跑到地里一看,不由暗暗叫苦,花朵都掉了,纵使现在打什么药都为时太晚。张发生怒不可遏地质问阿毛为什么不早说。阿毛由着张发生吼,一声不响。张发生把整块地看完,身子一软,瘫在地上,他知道他和他爹近一年的操劳算是打水漂了。张发生的眼里都是怨愤的泪水,他觉得要不是惦念着阿毛的地,爹的身体也不会垮。

张发生正难过的时候,阿毛的地头出现一个颤巍巍的人影。是张发生的爹。虽然躺在床上,但他的耳朵还好使,他依稀听到阿毛的声音,一听地里的事,他再也躺不住了,抖着两条寒腿一点点往阿毛地里挪。平时一袋烟的工夫,差不多走了半个时辰,他走得虚汗一身接着一身。

张发生的爹老泪纵横望着萧疏的棉田,一种东西还在田间浮动,扑簌簌地落着,那是绝望的声音,更是死亡的声音,其实他刚躺下,就听到一种声音,死死地塞在他的胸腔里,让他喘不上气,他以为是他自己身体里的怪声音,其实不是,是他入肉入骨的即将成熟的果实向他呼救哩。那些可恶的劳累忽悠了他,欺骗了他的耳朵。他的目光如同淌着血,一寸一寸地从地头移到地尾,他的胡子与头发全白了,连眉毛也点染上雪花般的白。一口悲愤交加的鲜血喷溅在一棵棉秆上。张发生的爹如同一个土坷垃落在了地里,再也没有半点声息。

听说张发生的爹死了,连里的人都落了泪,他们都知道他是地里的一个好把式,最牛哄哄的庄稼汉子。连长更是难过,还有几分歉疚。他给张发生的爹烧完纸,问张发生他爹还有没有什么遗愿。张发生说他爹还想继续种阿毛的地。连长哀叹了一声,阿毛在种地上是个不成器的东西,让他种了一年就弄了个颗粒无收。再让

开往塔克拉玛干的火车

阿毛种下去,不光地不愿意,估计老天爷都不会愿意。张发生的爹死了,那阿毛的地就让张发生种吧。他把阿毛找来,说了自己的意思。阿毛没有异议,两眼还透出欣喜。连长不再说他什么,只是长长地叹息了一声。

张发生爹的墓碑立起来后,连长、阿毛和张发生便把一张新鲜的契约烧在了坟前。那是张发生的爹与阿毛之间的契约,是由张发生代签的,也是张发生帮他爹摁的手印。契约的期限是一万年。一个人在世上的时间短,也就七八十年的光景,漫长的日子都在那边,那边有近万年的光景,够他种的了,也够他圆满自在的了……

连长嘴里念叨着,看着那纸新鲜的契约被火舌舔食,发软,发黑,变小……突然就起风了,如同最微小的龙卷风,卷起黑色的契约向半空飞舞。连长仰着头,眯着眼看着契约,契约如同一小片黑色的雨点,向熟悉的天空洒去……风又停了,契约无影无踪,更没有落下半点痕迹,连长突然意识到张发生的爹照单全收了,估计在那边笑哩……

连长也笑了,阿毛还在望天,嘴张得老大,看上去就像一只水井里的青蛙。契约的内容是阿毛拟的,一万年的期限也是他核定的。阿毛的那套说辞还有点用,起码在抚慰张发生的爹的亡灵时,到位熨帖。连长满意了,一脚踹在阿毛屁股上。

8

张发生种了阿毛的地后,阿毛就彻底成了一个闲人。说他闲吧,其实他也忙碌得不行,别人出门,他也出门,别人收工回家了,他还在旷野游荡。一天下午,屁牙从自家的地里到渠沟里拉屎,看见阿毛正坐在渠埂上望着前面的一棵孤零零的白杨。屁牙已经不下三次看见阿毛在那棵白杨跟前发呆。第一次的时候,屁牙还有些好奇,问阿毛那棵白杨有什么好看的。阿毛说,那棵白杨有点稀罕,不一般哩。屁牙便过去仔细瞧,还真不一般,比别的白杨都要纤细,叶子也不是椭圆的,而是狭长形的。但也仅此而已。

屁牙看到阿毛时,简直忍无可忍,他觉得阿毛是在浪费大把光阴,他怒气冲冲地说,阿毛,那棵白杨到底有什么好看的,难道是狐狸精变的不成。阿毛兴奋了,说,你还真行,这附近的杨树中,就数这棵长得最妩媚,那远处的杨树不是都在向它倾斜着身子,向它献媚。屁牙狐疑地看了看远处那片杨树林,什么也没有发现。屁牙说,就是向它献媚也没有什么了不起,你这样天天看,难道不觉得厌烦吗?阿毛纳闷了:厌烦个啥,在每一天的每一个时辰里,它都会发出不同的声响,它就像一个孤独的公主,会生气,会喜悦,会任性,而远处的杨树林从风中感应到它的心情后,也会做出积极的回应,一会惶恐,一会抚慰……

屁牙的脑袋都要炸了,他不再理阿毛,下到渠沟里脱了裤子拉屎。拉完屎,屁牙提着裤子上来,看见阿毛还像个木头人似的一动不动。

连队里的时间对阿毛来说不再是线性的,每一秒的滑动都会形成一个奇妙的深渊,阿毛在无数个深渊里沉迷,在一场雪中发现另一场雪落下的痕迹,从一颗沙粒中看到整个沙漠的沉默,从一阵风中捕捉着更深的风……

连里的人由着阿毛在连队与沙漠进进出出,做个乡土的浪子。

开往塔克拉玛干的火车

连长也懒得管阿毛,阿毛闲散的这几年,风调雨顺,有得吃,有得喝,也有得穿,就由着他去吧。

每年镇上的中学放暑假的时候,校长都要到十九连来住几天,看看阿毛,再一起到连队、沙漠走走。校长告诉连里人,听着阿毛的肺腑之言,他安静得就像飘进连里的一粒沙。连里人其实不懂什么叫肺腑之言,但校长能这么抬举不务正业的阿毛,连里人还是感到荣耀。那几天,阿毛头上的光环又回来了,连里人看他的眼光也多了一丝敬畏。阿毛二十五岁那年,校长再也来不了了。校长的死,让阿毛非常伤心,一连三天三夜坐在高高的沙丘上,望着更远的沙丘,不吃不喝。好奇的村民曾经爬上第五座沙丘去看他。他们看到阿毛跟普通人一样,眼里有一种水样的东西在慢慢流淌……

临死前,校长曾经让人找过连长,给了连长一笔数目不小的钱,让他帮阿毛保管,还让连长好生操心阿毛的俗事。校长的嘱托让连长诚惶诚恐,他拍着胸脯让校长放心,有他一口吃的,就不会让阿毛饿着,他在,阿毛就在。

校长死后半年,连长才突然意识到翻过年头阿毛就二十六了。连里年轻人结婚都早,过了二十就开始嫁娶,二十六了还没结婚的在连里找不出几个。连长想起了校长的嘱托,给阿毛找个老婆成了当务之急。

连长先从连里的女子下手。连里没结婚的年轻女子也就十几个,连长还是按照样貌、性情分出了三六九等。连长把老吕家的二丫头排在了头一个。二丫头脸似满月,低眉顺目,把老吕家各项事务打理得井井有条。当然,二丫头还有个优点,干净。夏天了,二

弃儿

丫头每天晚上都会打一盆水,躲在自家院落的槐树后面洗澡。一天深夜,连长睡不着觉,在连里瞎转,路过老吕家低矮的院墙时,就隐隐听到撩人的水声。连长觉得有戏,便住了脚,挤着眼过去。虽然二丫头躲在槐树后,但经不住连长的眼睛会拐弯,就着月光连长瞧出一片心惊肉跳的美妙来。看过一回,连长惦记上了,夏天的夜晚,有事没事都要往老吕家的院墙走一遭。但好事就一回,无论连长的眼睛再怎么拐弯,大槐树都张着城墙似的臂弯,把二丫头包裹得水泼不进,针扎不透。连长只好作罢。

当连长把二丫头排在新媳妇人选的头一个时,才突然意识到那一回偷看不过是提前替阿毛把个关罢了。连长有些感慨,觉得自己不易,为了阿毛简直操碎了心。

连长把连里的马大嘴叫来。马大嘴长着一张河马般的嘴,特别能白活,死的都能说成活的,当仁不让成了连里的媒婆。那时的马大嘴已经五十多岁,但臭美得很,把一张枯树皮一样的脸抹得一片粉白。连长提起了阿毛的事。马大嘴迟疑着没有接话。连长把一个红包给了马大嘴。马大嘴打开一看,竟是一千。马大嘴激动了,脸上的粉扑簌簌落着。马大嘴拍着干瘪的胸脯说,包在我身上了,就说看上哪家的丫头了吧。连长吧嗒了一口旱烟说,那就从老吕家的二丫头开始吧。

马大嘴迈着两根肥实的短腿上了老吕家的门。她一来,老吕头和婆娘就预感到什么,但不知道马大嘴是为谁说媒,慌忙敬茶。喝完茶,马大嘴把阿毛特别拎出来了。马大嘴说,整个村看看,谁家的后生能有阿毛长得白净、秀气、高大,整个是潘安转世呐。老吕头和婆娘觉得此言不虚。马大嘴又说,阿毛还是思想家、哲学家

41

开往塔克拉玛干的火车

哩,祖坟冒出何等的仙气,才能修来这天大的学问,你们倒是说说看,这又是何等的荣耀哩……老吕头和婆娘只有点头的份。马大嘴还说,连里人谁不知道连长对阿毛好,当初那个被丢在井边的阿毛,估计就是连长的种,是连长的亲儿子哩。谁把丫头嫁给了阿毛,也就等于是和连长攀了亲,在连里就是皇亲国戚,那么在连里还有什么事不好说,不好办……

马大嘴最终报出彩礼的数目,两万。

校长去世前,总共给阿毛留了四万。连长一下子拿出两万也是咬破了嘴皮子的。当时马大嘴觉得有点多,连里最烧包的人家彩礼也不过出到一万。连长把烟杆狠狠地磕在饭桌上:舍不得孩子套不着狼。

老吕头和婆娘果然被这个数目惊住了,但最后一丝理智还在,说再合计合计。看马大嘴一脸的不悦,临出门前,老吕头给马大嘴兜里塞了一百块。

老吕头和婆娘正合计的时候,连长出马了。连长把边鼓敲得震天响,他说他一直把阿毛当儿子看待,说到底,也就是他的亲儿子……连长说到紧要处,闭了嘴,吧嗒起旱烟,由着老吕头和婆娘往下联想。

连长脸上的焦灼泄露了内心的秘密。也正是连长的用力过猛,让老吕头和婆娘出奇地警醒,认真审视起阿毛来。阿毛虽然俊俏,但肩不能挑,手不能扶,有个屌用。阿毛是个哲学家兼思想家不假,但光环透着虚,变不出半个子儿来,更别提干别的营生了。对庄稼人来说,阿毛说到底就是一个彻彻底底的二流子,败家子。再有,看着两万块钱是个大块头,但那是贴在鬼门关口的一道符,接了符,下面的路就是一溜子黑,就是暗无天日的苦头。他们是嫁丫头,又不是卖丫头,纵使卖丫头也不能嫁给阿毛,同一个村,抬头不见低头见的,瞅着闹心,想着揪心……

马大嘴再次登门时,老吕头和婆娘就说亲是一门好亲,但问题是丫头已经和邻村的一个后生定了亲,悔了没法做人哩。老吕头又塞给马大嘴一百块钱,让她无论如何在连长面前说说好话。马大嘴碰了一鼻子灰,但攥着热乎乎的一百块只好作罢。马大嘴见着连长,只好实话实说。连长不相信,又问了一句:真定了亲?马大嘴不言语,连长的忧虑便在脸上扩散开来。

马大嘴按着连长对连里年轻丫头的排序,一家家去说。马大嘴下了死力气,到哪家都口若悬河,滔滔不绝。有两家几乎被马大嘴说动,都应承了,没想到两天后又反悔。为了阿毛的婚事马大嘴跑了大半年,也没有一家人愿意把丫头嫁给阿毛。

连长深受打击,请马大嘴喝酒。两杯酒下肚,连长脸上的虚空便堆得层层叠叠。马大嘴瞅着难受,就说,要不到别的村试试,毕竟外面的人对阿毛不一定知根知底。连长觉得在理,拍出一千块钱:对,能骗回一个是一个。

接下来的一年多,马大嘴就在远远近近的连队转悠。马大嘴把阿毛夸得天花乱坠,果真乱了外村人的心智,带着家里的丫头来十九连相亲。外村人和家里的丫头初次见着阿毛都满意得很,但经不住打听,时间一长,就露了馅,纷纷反悔。阿毛的婚事成了一块不毛之地,无论如何播种浇水,就是长不出庄稼来。而马大嘴由于着急上火,中了风,嘴都歪了,如同破了的风箱,四面漏气,再也当不成媒婆了。连长也死了心,胡子全白了,不再提给阿毛说亲的

开往塔克拉玛干的火车

事。无所谓的是阿毛,像一个游魂般继续在天地间飘荡。

9

阿毛二十九岁后的一天傍晚,连长推开了村南老李头家的门。炕上就老李头的婆娘在,婆娘已经摆好酒菜,要好好答谢连长。近日,老李头和隔壁家的老张头因为宅基地的问题,闹得鸡毛飞上天,铁锹都挥了,最终让连长解决。连长心里还是向着老李头家的,毕竟他婆娘和他交情不浅。但连长解决得很有艺术,原则的话说得震天响,表面上更是处理得滴水不漏。老张头算是吃了暗亏,但也无可奈何,背地里愤愤地骂连长是个吃奶的货。

二十三团接到上面的文件,要在团里试点搞小城镇化建设。文件下来没多久,资金也拨下来了,其中一笔资金是全额拨到十九连的,上面要求县里落实到位,年底要到十九连检查。团里不敢怠慢,副团长在镇委书记和镇长的陪同下来到了十九连。

十九连的人很少见团里的干部,给他们开会更是头一遭。副团长在连里的大会上慷慨激昂地说,本来这次小城镇化建设原则上落实到镇,但由于十九连的地理条件特殊,上面领导知道十九连的人还住在几十年前的土坯房里,很痛心,就专门拨出资金来给村民们盖楼房,让村民们做好年底住上楼房的准备……十九连的人都傻掉了,他们可怜呐,连砖房都没有住过,可到了年底就能住进楼房,简直就是坐着飞机进入共产主义。面对天大的喜讯,村民们激动的掌声一阵接着一阵,热泪也是流了一脸又一脸。会开完了,副团长一行却出不了会场,十九连的十几个老人跪在了那里。副团长眼睛也湿了,说,起来,都起来,你们受苦啦……

楼房建在离连队朝东两里远的地方,那里刚好隔着第二道防沙林,并且是一大块平地。选好址的第二天,一个建筑队就开过来了,干得热火朝天。十九连的人每天最喜欢干的事就是到工地上走一走,先是看着起地基,接着便是一层接着一层的红砖正房。从整个春天到秋天,十九连的人都乐呵呵的,用连长的话说,就像是被甜水滋过似的。

连长是十九连人中唯一怀有一丝忧虑的人。夏末的一天,连长去镇上开会,开完会,敲开了镇长的办公室,给镇长敬了一根"芙蓉王"。镇长点燃后,连长试探着说,既然连里都建楼了,那以后的扶贫款……镇长火了,喷出一口浓重的烟雾骂道,知足吧你,连我住楼都交了三万块,你们十九连的人倒好,每人白得一套楼房,你以为上面好糊弄,我们镇里的干部都是吃干饭的货吗?不让你们十九连扶助别的村就算不错了,还惦记着扶贫款,怕不是被猪油蒙了心吧……连长的脸一阵煞白,尴尬地搓了搓手,讪讪地赔着笑。回到十九连后,连长就给十九连的人说,以后的扶贫款估计不会再拨,也就是说保障基金也就那个数了,不会再向高里擦了。连里的人并不在意,说没有就没有吧,有楼多好呀。连长想骂连里的人都被楼房蒙了心,但最终没能骂出口,他突然意识到连里的人都有底气了,都扎扎实实地富起来了。

由于钱到位,楼房在十一月初就交工了。分完房子,各家各户忙着装修,都搞得跟个宫殿似的。阿毛也分了一套,但迟迟不见动静。连长去问阿毛是不是没有装修的钱,简单装修一下也成,他帮着出一万。阿毛说,我还想住在连里,睡着踏实。连长骂:你脑子

开往塔克拉玛干的火车

被驴踢了吧,天上掉下来的馅饼,哪有不接着的道理。阿毛干脆把楼房的钥匙扔给了连长,扭头走了。

装修好楼房,村民们纷纷搬了进去。搬家的那天,连里人搞得就像生离死别。虽说每家的土坯房早已破旧不堪,但都住了几十年了,连着记忆与岁月,还是不舍哩。

还真让阿毛说着了,住进楼房的连里人睡不安生呢。晚上睡觉时他们听不到风吹屋檐的声音,也听不到沙粒扑打着窗户的声音。虽然隔了不过二里地,但由于防护林的存在,就像安上了消音器,静,死一般的静,一种脉脉的东西开始扯动,拉他们的裤腿,衣角,还拉扯他们的心、肝、肺,那是老屋伸过来的一只手,颤抖,冰冷,满含委屈,就像是他们丢弃的一个孩子……

睡不着觉的连里人,凌晨又纷纷回到了连队。他们看见了阿毛,阿毛正满头大汗地挨家挨户串门,推开一家的门,出来,又推开另一家的门。阿毛果真没有搬进楼房。连长不由又骂了一句。连里人问阿毛,连队都没人了,你串哪劲子门呐。阿毛一脸恍惚地说,谁说没人,你们过去的影子一到晚上都出来走动哩。连里的人犹如电击,一点不觉得阿毛的话有扯谎的成分。

连里的人知道老屋得有人气续着,否则,很快就会破败、坍塌。他们便央求阿毛晚上到他们家住,到他们家串门。阿毛一一应承。连里人为了显示各家的诚意,把新打的被褥又送回到老屋,好让阿毛住得安心,住得舒心。

连里人早上起来第一件事不再是去地里干活,而是去找阿毛。问他连队的情况,老屋的情况。张发生问得最急。阿毛说,昨晚张发生家的院落里又进来了一个人,就是张发生的爹,他本想着可以唠唠嗑,但张发生的爹压根没有时间搭理他,张发生的爹蹲在地上,旱烟别在腰间,用铡刀铡草,给牛铡完,便给羊铡,各是各的份,各是各的堆,张发生的爹那架势就像是要出趟远门,发着狠劲,脑门上的颗颗汗水如同馒头那么大,落在地上,发出一声闷响,连天上的月亮都要抖三抖……

张发生泪流满面……

连里的人一个个问,阿毛便一个个回,说得越来越诡异,也越来越玄乎,但村民们都落泪了,他们第一次觉得从阿毛口里说出的话竟然是那么真实无比、贴心贴肺。

只有一个人不问。就是连长。阿毛说得兴起,不问也主动说起了连长的老屋。阿毛看到的是不到四十的连长,他在屋里墙壁的每条缝隙里都塞着一块地的脾气、秉性,连里有多少块地,他家的墙壁上就有多少条缝隙,他有事没事就对着每块地训话,说穿了是对着每块地后面的主人训话,让他们与各自的地称兄道弟、歃血盟誓,共同进退……四十岁的连长喝了酒的时候,尤其豪气,他指着风,指着沙,破口大骂,他不仅想管着十九连,还想统领着整个沙漠,让它们俯首帖耳,一退再退,直退出成千上万个十九连来……阿毛还在说,居然说起了连长家房梁上有七八只走动的耗子,每只耗子的尾巴上都绑着一个红色的布条,就像绑着一面小小的旗帜,连长睡觉的时候,就看着那一面面小小的旗帜在黑夜里挥舞,如同燃烧着火一般的欲念。更奇怪的是,那每个布条上依稀印有连里女人的名字,有刘寡妇,有李老头的婆娘,还有……

住嘴。连长怒吼一声……

阿毛不讲了,日头已到正午。连里的人就像要印证什么一样,

开往塔克拉玛干的火车

洪水般涌进连队,进了各自的老屋。无人居住的老屋里浮动着一丝奇怪的暖意,就像他们从来没有离开过,更奇妙的是,屋里的暗处一些虚影掠过。进屋的人不由一颤,这个迟疑着叫了一声爹,那个便恍若隔世地喊了一声娘。

连里的人心安了,老屋的人气旺着哩,也就是说阿毛的人气旺着哩,足可以以一敌百,这是他们的连队,更是阿毛一个人的连队。他们回到楼房,晚上睡得人事不省。

连里人在楼房里住得越来越舒坦的时候,就加倍记起阿毛的好来。连里人见面的时候,不免就要说道说道,这个说,咱们终究还是小瞧了人家阿毛,阿毛也不是一点用处没有,替咱们解决大问题了。那个说,可不,阿毛现在说的话我多多少少能听懂些了哩……

说道的都是十九连的男人。十九连的女人不说,把一些细密的思绪压在心底。十五的夜晚,一些柔情便蒸腾而起,皎洁一片。十九连的女人下了楼,由着自己的心思走,走着走着就进了阿毛的连队。她们也一家一户地进,门一扇接着一扇地推,总能在某家的院落或堂屋里找到阿毛。阿毛是暗色的,脸上的恍惚凝重如铁,像是走进了重叠的世界里。阿毛是明亮的,如一粒遗落的花种,在悄无声息地发芽,生长。她们听到了花开的声音,四周幽香一片。阿毛也是安静的,如一颗水珠,寂静着深处的寂静。连里的女人,不敢惊着阿毛,也不想惊着自己,就一声不吭地坐在阿毛身边,由着夜色慢慢变凉,如入梦境。梦说醒也就醒了,阿毛还在,透出道道虚影,女人便伸手去摸身边的阿毛。阿毛的身子冰凉如水。女人一阵怜惜,用湿热的身子贴住阿毛,就像覆盖住一片秋天的树叶……

10

三十出头的阿毛在十九连最需要他的时候离开了。最先发现阿毛不在连队的是连长。连长基本上一个星期见着阿毛一次,一切都是不确定的,有时在连里,有时在土路上,有时在树林里,还有时能远远地看见阿毛坐在一座沙丘上,总能遇得上、看得见。

如果近了的话,连长会细细地看看阿毛,一点一点地打量着他。连长近一年发现连里的人都有了显著的变化,就像阎王爷吃了回扣,一个个在加倍地老去。连里那些上了年纪的人头发说白就白了,脸上的褶皱层层叠叠,尤其让他奇怪的是老李头的婆娘,仅仅几年的工夫,像被抽去了精血,变得干瘪。

连里的年轻人也是一副衰相,抬头纹一个比一个深,走路有气无力,目光混沌。更让连长吃惊的是连里的孩子,孩子们都不再怕他,一个个少年老成,看见他过来,全当没看见,一人捉一只手机无法自拔。

但阿毛还是二十出头的模样。额头光洁,目光如水,神情恍惚。

十年前,连部门口的那棵大榆树树洞上方一米之处一夜之间长出一朵蘑菇,大如海碗,色彩斑斓。连里人晓得越好看的蘑菇毒性越大,这朵妖里妖气的蘑菇越看越让人觉得诡异。阿毛见了那朵蘑菇后,却欣喜若狂,执意采回家下了锅。锅里的蘑菇散发出一种奇特的异香,把前来劝阻的连里的人熏得头昏脑涨。连里人去找连长,连长听了他们的言语,急慌慌地往阿毛的住处赶。到了阿

开往塔克拉玛干的火车

毛家,锅里的蘑菇已经一点不剩,而阿毛倒在了床上。连长一试鼻息,半点全无。令人惊疑的是阿毛面色红润,身体温热,连长吧嗒完一锅旱烟,也没弄清阿毛是死是活。连长和村民坐到半夜,阿毛还是那副不死不活的德行,连长说,散了吧,估计这阿毛死不了。连里人便散去。

连长说死不了,还真死不了。阿毛就像睡了一个长觉,七天之后,阿毛醒来了,出了门。连里人把阿毛看了个遍,也摸了个遍,和以前确实没什么两样。连里人心里的惊惧与困惑最终被风吹远了。

又过了八九年,连里人才发现事情的蹊跷。差不多十年了,每个人都在老,就阿毛还停留在二十出头的原地不动,就像那朵毒蘑菇里的毒素把阿毛的样貌永远禁锢住了似的。连里的女人说,早知道那蘑菇是唐僧肉,当初也应该弄一口吃吃。连里的男人却不以为然地说,啥事都有好有坏,阿毛撒尿的时候,我仔细瞧过哩,那个呆鸟就像退化了似的,整个一个麻雀儿子,估计是被彻底废掉了……

连长看着阿毛,不由感慨了,就像得到了一种巨大的安慰。连长颤巍巍地叫了一声阿毛。阿毛站着不动,等待他说话。连长却说不出什么了,他嘟囔了一句,一脚踢在了阿毛的屁股上。

阿毛在连里的时候,连长并不觉得有什么不一样,纵使老屋,纵使整个废弃的连队,他也没像别的村人那样完全交给阿毛去打理,他有事没事也四处转悠,到处看看。毕竟他是连长,只要是连里发生的事,无论新事旧事,无论活人死人,他都得过问,也还都得操心。

弃儿

连长半个月没见着阿毛,心里有些空,还有点慌,就像谁把一只拳头塞进了他的喉咙里,出不了气,也不进了气,憋闷得厉害。一个月很快过去了,还不见阿毛的踪影。连长真有些着急了。

连长着急的时候,连里的一些女人也发现阿毛不见了,她们心情好的时候,一般都是天上有月亮的时候,望着月亮,想起过去的旧事,便又回到老屋,寻找着什么。能寻见的只能是阿毛。月光下的阿毛俊美异常,如同夜晚的王子,激发出她们的爱慕与怜惜。当她们在连队的月夜找不到阿毛的时候,一种情绪便火烧火燎的,散发出焦糊味,她们才猛然意识到,不是她们陪伴了阿毛,而是阿毛抚慰了她们孤独的灵魂……

一个多月过去了,十九连的人上上下下都知道阿毛离开了连队,离开了那一片沙漠。连里的人都失落了,没了阿毛,谁来打理他们舍弃的连队,谁来照料他们老去的容貌、丢掉的力气,还有谁能和那些逝去的父辈、祖辈在暗夜里对语,让他们安心在另一个世界继续播种、犁地、收获,给子孙带来取之不尽、用之不绝的福荫……

十九连的人把忧虑的目光一次次投向连队,投向各自的老屋,他们听到老屋如同一头濒死的老牛发出粗重而迟缓的喘息,而一根根房梁也在飞速腐朽,发出被凿空的闷响,连接着地基处的墙皮如同一把又一把流沙扑簌簌地掉落,露出的内墙更是触目惊心,斧斫刀劈过似的,随时都有坍塌的可能……

连里人失落的时候,十九连的所有的鸡、鸭、鹅、羊、牛、狗也失魂落魄,它们不好好吃食,不好好归圈,显得烦躁不安,一副地震来临前的征兆。

开往塔克拉玛干的火车

失魂的还有地里的庄稼,它们都显出一副极度渴水的样子,在风沙的肆虐下,绿得苍白,也绿得寡淡,把一颗颗头颅固执地扭到一边,望着通向村口的那条土路。

十九连的人也在望着那条土路。那条两米宽的土路光洁如镜,见不着一粒尘埃与沙砾,那都是风的功劳,它就像是沙漠与连队共同派遣的使者,用殷勤的亿万条手臂打造出一条白金之路,迎接着可能走向归途的阿毛。

阿毛回来了。两个月后,阿毛在十九连人浓重的焦虑与期待中,出现在那条土路上。连队一下子沸腾了,所有的牲口也开始欢腾,鸡把食啄得到处都是,狗一个劲地狂叫,疯跑……而地里的庄稼一声不吭,在天地间舒展腰肢,在暗处汩汩地饮水。

十九连的人一下子把阿毛围了起来,问他这段时间干什么去了。阿光还是那副恍惚的表情,他淡淡地说,出去走了走,看了看。连里的人表示理解,阿毛不过才三十出头,世界那么大,谁不想出去走走,到处看看呢,他们不是也在农闲的时候去过北京、上海、杭州,近两年又都往三亚跑,只不过是阿毛出去的时间太长,让连里人虚惊一场,以为阿毛被外面的花花世界留住,不回来了呢。

果然,连长发脾气了,把旱烟杆直接敲在了阿毛的脑门上,发出吓人的一声响:我以为你是野风的种哩,再不回来了呢。阿毛的目光里转出一丝疑问:为什么不回来,这个世界上,就十九连和这片沙漠最有景致,也最有看头,这里才是世界的中心哩……

十九连的人放心了,以后每年看着阿毛一次次远行,有时一个月,有时三个月,他们知道,无论阿毛走多远,出去的时间再长,他都会回来,就像阿毛说的那样,在阿毛心里,这里才是世界的中心呢,谁会舍得离开世界中心的怀抱?他的一次次出走,不过是在印证他的中心,更是为了回到他的中心。当然,这只是阿毛的中心,除了连长,十九连的人虽然感动,但并不真的以为十九连就是世界的中心……

11

真正让连长想不通的是连里年轻后生的出走。连里的年轻人不像阿毛,走了还会回来,他们都是一副恨不得长出一对翅膀的德行,走得狠,走得绝,把地扔给家里的老人,给他这个连长招呼都不打就走。不打招呼是什么意思,不就是不把他这个连长放在眼里,说穿了是没把整个十九连放在眼里。连长从出走年轻人的轻漫中,揣摩到他们对十九连的决绝,对故土的冷漠,更揣摩到他们再也不想回来的决心。

连长有连长的理。邻近的一些村已经有大批的年轻人出走,去省城或沿海城市打工。但那些村地少人多,出去的年轻人是为了多挣些钱谋生活。然而十九连的人少,地多。尤其是这两年,十九连的人开始试种"满堂红"的新瓜种,这个瓜种在别的地方不显山不露水,长在十九连的地界却成了精,瓜瓤入口就化,格外的沙甜,再加上十九连靠近沙漠,比别村的西瓜要早熟大半个月。大半个月是什么概念,就是无限的优势与商机。第一年,十九连的人就挣得富得流油,第二年,全连的人都腾出一半的地种上了"满堂红",到了年底,十九连的人打个屁都泛出铜臭气。

连长真搞不明白了,日子都这样好过了怎么就留不住那些人

开往塔克拉玛干的火车

呢,他们到底是怎么想的,连长也曾和连里的年轻人交过心,但他们只是嘿嘿笑着,不多言语,该走还是走,不屑同他这个连长说心里话似的。连长就去问那些人家里的老人,那些老人耸着肩,耷拉着脑袋,混浊的眼虚空着,什么也说不出。

连长恼了,开大会,让连里所有的年轻人务必到场。连长在大会上讲得慷慨激昂,如同五年前的副县长附体。连长说,咱们十九连才是真正的风水宝地呢,一个实实在在的聚宝盆,只要踏踏实实地干,要什么有什么……

开完会的第二天,又悄无声息地走掉两个。连长蒙了,再也不敢告诫、训斥那些年轻人了。连长去找阿毛,给他说道说道,看他是怎么想的——毕竟阿毛经常出去,也年轻,更懂年轻人的心思。

阿毛说,不出去心不甘哩,他们总觉得还有另一种可能,还能活成另一副模样呢。再说,外面那些声音在叫他们哩,勾魂哩,出去也不见得是坏事,出去了,那些声音就消失了,别的声音就出来了。他们终究还是会回来的……

阿毛很少能把话说得如此明白,说得丝丝入扣,但连长还是半信半疑,他不相信一群吃土的命能活出另一种样子来。俗话说得好,种瓜得瓜,种豆得豆,驴和母马交配,难道母马还能下出马驹不成。那群年轻的后生,顶多就是初中文化水平,到了大城市还能干个啥,还不是卖苦力的命,那大城市里的人都恶着哩,踩死他们还不跟踩死一只臭虫一样……

连长忧心忡忡,一些精壮的男人也走了,他们可都是侍弄庄稼的行家里手,支撑土地魂魄的中流砥柱……不过五六年的光景,连里竟然出去了几十号人。连队一下子严重的阳气不足,一副愁云惨淡、死气沉沉的模样,如同一条被打断脊梁骨的老狗,露出透底的可怜与恓惶。留下没走的人,也是蔫头耷脑,好像留下就是没本事的证明,就是一个彻头彻尾的窝囊废,只配继续着面朝黄土背朝天的黯淡命运……

连队几乎成了老人、孩子和女人的天下。可留下的女人差不多都处于三四十的年龄,都是虎狼之师。由于缺少阴阳交合,便显出异常的焦躁来,常常为芝麻绿豆点的小事顶撞老人,打骂孩子。彼此见了,也是不问青红皂白一阵乱骂。过去也吵,但现在觉得远远不能解气,像男人一样动了手,这个扯掉了那个的一把头发,那个挠花了这个的脸,直到发泄完过剩的精力,袒胸露乳瘫软倒地才算罢休。连队被女人闹得鸡犬不宁,连里尘土飞扬,如同受惊的马,腾在半空,遮天蔽日,经年累月不敢落下。

十九连的牲畜也通着人性哩。威风凛凛的公鸡每日不再准时打鸣,纵使压着母鸡,也不像过去那样把母鸡脖颈处的羽毛啄得四下飘散……处于发情期的公牛,围着水门张开的母牛,转了一圈,又是一圈,完全一副思考人生的派头……十九连的鸡蛋少了,羊羔也少了,牛崽子也不过只有两头……牲畜萧条的连队都不再像连队了。

更让人心惊的还是那些土地。它们是阴性的,更是半点糊弄不得的,少了精壮男人的阳气与力气的注入与滋补,少了他们火热的念头和淳朴的欲望,土地辽阔的身子变得越来越僵硬,连种子都差点出不了头……虽然老人来了,女人来了,但终究还是缺少了一把子力气,深入不到它们心与身体的深处,更让它们心寒的还是女人,短了一把子力气也就罢了,但她们边种地边骂,她们把所有的

开往塔克拉玛干的火车

怨气、仇恨、怒火都发泄到大地上,就像这片土壤是个无边无际的垃圾场……

粮食歉收了,棉花减产了,"满堂红"竟然也不甜了——瓜种还是过去的瓜种,肥料也是过去的肥料,怎么就不甜了呢?订货的人纷纷退单。十九连的人只好拿给猪吃,猪都嫌弃,哼哼着不肯下嘴。所有的西瓜只能堆在地里,烂成一摊酸水,成为来年的肥料……

出去的人其实也回来,不过那都是在过年的时候。回来的人一个比一个穿得光鲜,手里的大包、小包也一个比一个金贵、沉重。好像出去的人都发了大财,一副荣归故里的派头。

这些人回来的当天总能在连队的土路上遇见连长。连长注意到年轻的后生变了,脸上有了一种莫名的张狂,见着连长也少了过去的拘谨和小心。他们还是给连长打招呼的,但那声"连长"叫得极其寡淡,好像连长两个字跟一块土坷垃并没有什么两样,透不出半点尊敬来。

连长气得胡子直抖,但他没有发作,只是把怒气压成一块铁饼,沉默不语地观察着回来的年轻女子。她们见着连长多少客气些,"连长"两个字也叫得还算软乎,不像一块硬邦邦的石头。但她们的神情中也有着相似的虚浮,如同半个身子被谁扯在树杈上晃荡,上不去,也下不来,连长替她们着急。但她们不急,挂着与都市接轨的暧昧和躁动,麻木不仁地从连长身边走过。

连长转过身,木桩般盯着她们扭动腰肢的背影。他还记得她们以前的模样,像村前那片刚刚长成的小白杨,透出温婉的娟秀与紧凑。而现在却如一团芨芨草,哪一阵风过来,都滚动出一片蓬乱的茫然……

年三十的晚上，爆竹映红了半边天空，远远望去，就像沙漠里失了火。连长的年关一年比一年恓惶。过去，连里的人都要来给他拜年，拎着酒，提着烟。虽然连里人知道连长不抽纸烟，但还是买了上好的纸烟来了。连长家里的宴席每年都是从初二摆到十五。过年时连里人只有喝了连长的酒，听着连长拍着胸脯说着牛皮哄哄的大话，才会踏实，才觉得这是新年开始的好兆头。

可后来，先是过年回来的年轻人不来拜年了，接着便带动各自的家人不再上门，最后就像一场瘟病，感染全连。连里人觉得每年不上贡并没有什么大不了的，连长他还敢咬我不成——回来的年轻人都说了，连长是公仆哩，为全连人服务是他的本分，再说了，现在连长都是村民们自己选出来的，连长之所以还是连长，都是村民们放他一马的缘故。

外出回来的人各自走完亲戚，便凑在一起赌钱。过去年节时也赌，但赌得小，一两块，撑死五块、十块，就图个玩，图个乐。而如今欲望的魔鬼已经钻进到每个人的脑子里，指望着一夜暴富，一赌改天换地。仅仅一个晚上，有的人就输掉了一年打工的收入。就红了眼，就想回本，就敢把什么都往下押。冰到极点的就带出一股凛凛的杀气来，火气大得谁都压不住，几年来一同外出打工攒下的情义就在一阵拳脚中灰飞烟灭。

屁牙的老婆找到连长时，哭得一把鼻涕一把泪。屁牙把老婆输给了一同打工的村南的狗子。屁牙老婆不愿意，想到了连长。连长气得差点背过气去，拿起了电话径直就打给了镇上的派出所。

从初五开始，连里几乎一半外出打工的年轻人都是在派出所

开往塔克拉玛干的火车

度过的。十天后,才一个个蔫头耷脑地回到连里。在派出所吃苦时,他们就知道是连长告发了他们。他们就把连长恨下了,一个个扬言出来要扒了连长的皮。

回来后,他们还没来得及找连长,连长却主动摸上了门。连长来了就撂下一万块钱。派出所罚得狠,每家参与赌钱的人几乎都伤了元气。连长说,地里的种子、化肥都需要现钱,外出打工更得有几个子儿才算踏实,这是从保障基金里拨出的钱,暂时应个急,回头还得还。他们收了钱,签了字,才变脸,说连长不地道,胳膊肘向外拐,明年选连长时一定要把他拉下马。连长火了:我就是不当连长了,你们再给我赌一个试试,下回不把你们送到监狱里,我就是你们孙子……

望着连长那张仍然威严的脸,他们不再言语了……

真正让连长痛心的还是老吕家的二丫头。二丫头出去五年了,过年了都不见回来。但终究是回来了,老吕头死了。老吕头是大暑那天死的。大暑的第三天,二丫头就出现在通往连队的土路上。土路的那头正好站着连长。要不是二丫头主动叫了连长一声,连长差点没认出来。过去的二丫头像根绿豆芽,一个巴掌就能把整个腰身全攥进手心,捏出一汪绿水来。现在的二丫头像吃了激素,面团一样发了起来,胸前一片汹涌,扑打出圆滚滚的白浪来。眼里也没有了连长记忆里的娇羞与柔顺,大胆、热辣,如通了电的电熨斗,直烫着连长的脸,像要揭下连长的一层皮来。

连长受不了如此赤裸的目光,眼睛不由向下,再向下。然而下面更让连长心惊肉跳。二丫头穿着露脐装,裸着一截白花花的肚皮,肚脐眼如同一只含笑的眼睛,上面居然还穿着一颗银钉,晃动着一颗奶白色的珍珠,直戳连长的眼。

连长只能把眼睛扭向路边,心里充满了惊惧。仅仅五年的光景,二丫头回来后就开放成这样,脸皮都不要了,看样子大城市真是大毒草啊,二丫头被毒害,竟还是一副光明正大的表情。丢祖宗哩,臊先人哩……二丫头过去好远了,连长还在原地感慨不已。

老吕头的后事处理干净后,老吕头的婆娘又号啕上了。二丫头的婆家退婚了。退完彩礼,老吕头的婆娘心里充满了恐慌,在她眼里二丫头已经是个老姑娘了,哪个男人啃上去不是一嘴碎渣,还有哪个男人肯要。老吕头婆娘扯天扯地的泪水下来了。二丫头被哭得心烦,她是无所谓,还少了束缚。她规劝娘说,你这是操哪门子心,人家城里的女人三十都不结婚哩,我还不到三十。纵使他们家不悔婚,我还想悔哩,我也想像城里人那样多玩两年,给你钓个金龟婿回来呢,实话告诉你吧,一开宾馆的老板有点那个意思,就看我答应不答应呢……

二丫头的话把老吕头的婆娘惊住了,一股透底的凉气如鬼魂上了身,先是半个身子发麻,手掐不应,针扎不灵,两天后,便瘫在床上了。二丫头不再是侍候人的主,把娘扔给三丫头,扬言替家里解决大事,拎着两瓶酒出了门。

二丫头推开了连长家的门,已经很久没人请连长喝酒了,伸手还不打笑脸人呢,连长屁颠屁颠地还弄了两个下酒菜。上了菜,开了酒,连长瞅一眼二丫头,就赶紧错开了眼,二丫头身上衣服少得可怜,也就几缕布片,白亮圆滚的身子如同十月成熟的黄豆,随时都有从豆荚似的衣服里爆裂而出的可能。两人坐在炕头,喝起酒来。

开往塔克拉玛干的火车

　　二丫头酒量大得惊人,杯杯倒满,一杯不落。一瓶白酒下去,连长不行了,二丫头还要开第二瓶。连长死活不让再开,并让二丫头有事说事。原来二丫头惦记上连里的保障基金了,说爹走了,娘也瘫了,地是没人种了,彻底没有依靠哩,想从保障基金里吃点救济。

　　连长虽然让酒上了头,一提起保障基金顿时清醒了,他说,你家三丫头不是还在吗？那地就是不种也可以租给别人种呀,还是不够格哩……

　　二丫头没再和连长多啰嗦,二丫头虽说没结婚,但早已不是处女之身了,先后被城市的五六个男人压过,也算是压出了底气与见识,知道男人是什么东西。二丫头的眼睛像通了电,向连长传递过来一阵酥麻,声音也嗲得厉害:连长,你坏,偷看人家洗澡哩,人家的青春可是都被你全看去了的呀……

　　连长的脸一阵黑一阵红,本以为这是他一个人的秘密,没想到被当事人揭了个底儿掉。连长难堪得很,只好尴尬地笑笑。二丫头不再忸怩,一把扯去胸衣,气势汹汹地过来,泰山压顶般压住了连长。连长闭着眼,一时间跟死过去一样。但终究没能死透,一种硬气又倔强地顶了上来。他娘的,怎么回事哩,连长是个男人,是贪图女人,但贪图的是一种含蓄,一种半推半就,充满了乡村的味道,而眼下不是那个意思了,他连长成了被宰割的牛羊,他哪还有一个连长的豪气与威武……

　　连长浑身发抖,那一刻,仅剩不多的黑发一下全白了,一口恶气更是憋在了胸口,连长老泪纵横,他清清楚楚地感觉到,世风日下,连队再也不是过去的连队了。

12

正当连长感到无助与绝望的时候,连队竟然像没死透的葱,经过严冬,慢慢又缓过一口热气来,那些外出打工的人又回来了,先是一个两个,然后是三个四个,到了农业税全面取消的第五个年头,外出的人基本上都回来了。

十九连这些外出的人有他们自己的盘算,也有迫不得已的苦衷。当初外出打工也是一种时髦哩,看着邻近连里的人走得义无反顾,他们也经受不住大城市的诱惑,也想换一种活法。

十九连人没有什么文化,也没有什么不得了的本领,凭的就是庄稼人的吃苦劲,耍的就是一把子力气。一开始的时候,男的只能去工地,当小工,和水泥,搬砖,剪钢筋……积累出一些技能来,再去做大工,砌墙,拉墨线……女的去饭馆端盘子,周正一点的到宾馆当服务员……为了能在城市站住脚,他们不在乎任何人的白眼,能承受任何屈辱。随着时间的推移,也算多少瞧懂了张着血盆大口的城市,思绪便变得活泛起来,不甘心待在工地了,能开个小吃店的便开个小吃店,能倒腾水果的倒腾水果,再不济的,也能收个破烂。女的,开理发店,去洗脚房,更夸张一点的,去了歌舞厅……

城市不会在乎十九连的人为了小小的梦想付出了多少辛酸与血汗,只有十九连的人自己记得,都写在一个秘密的账本上。经过若干年的扑腾,或多或少地积攒出一些钱来,有了底气,且和城市已混得脸熟,一个个开始觉得扎下根了。

但终究不是那么回事呢,城市的娱乐文化是超前的、先锋的,

开往塔克拉玛干的火车

年轻人的迪厅、街舞、致幻剂、摇头丸,纵使大妈夸张的广场舞也让他们目瞪口呆,无所适从。隐隐而顽固地萦绕在心头的还是家乡的小调和地方戏。他们没有医保,一旦有个灾病,一年的血汗就在医院打了水漂,那里才是真正吃肉不吐骨头的地方哩。纵使个别带着孩子出来的,孩子上学也成了问题,好不容易费尽口舌交了赞助费进了学校,孩子也不受待见,城市学生们嫌他们土气,老师也嫌,对待他们的口气从来都是冷冰冰的、厌恶的,说是他们拖了全班成绩的后腿……城市的各种恩惠和福利他们都没有份,更多的只是城管的拳脚,工商的刁难,甚至陌生城里人的白眼与唾弃……

十九连的人终于不平衡了,他们为这城市付出了那么多,最终什么都不是,他们把那个秘密账本翻得"哗哗"响,越算心越寒,越算越激愤,这么些年来扎下的根终究是虚根哩,大城市从来就没有真正接纳过他们,他们也从来都是过客,是异乡人……

十九连的人沉默了,开始重新冷静地打量这座城市。他们不再觉得这座城市喧闹的繁华有什么了不起,相反,静下来的夜晚,他们总能看到十九连,还有那亘古不变的沙漠……

阿毛说得对哩,外出的十九连人开始相信那无数座延绵起伏的沙丘就是祖辈们最后的归宿,先人已从各自的坟里走了过去,住了进去……那每颗迎风飞舞的沙粒,其实都是一粒金沙,都附着着先人轻盈的呼吸……那片沙漠的每一株植物和动物都来历不凡,都在讲述着从远古到现代的演化、蜕变的痛苦、顽强挣扎的生命力……那片沙漠果真是一片沸腾的海呐……

十五的夜晚,都市的孤独犹如一阵风把他们的神思和目光又都吹回到十九连,他们看到了那些闪闪发光的脚印,不光是通向连队的土路,还在田埂上、地头间,更在被他们遗弃的老屋的院落里、堂屋里、茅房里……那些闪闪发光的脚印不光记录了他们的出生,记录着他们成长的痕迹,还记录着他们变得阴郁的坏脾气,他们的欲望、愤怒和对这块土地莫名而无边的热爱……还有那枚圆月,是先人留下的脚印,投射过来的目光,更是他们千里迢迢从都市赶回来的印迹,像一只泪眼高悬,只为了多看连队一眼,多看土地和沙漠一眼……对故乡的思念成了十九连外出人的永恒主题。

他们的情绪变得激荡起来,他们开始自我怀疑,不明白来城市到底是为了个啥、图啥,如果说是谋生活,那么在十九连就可以丰衣足食,他们所有的小小的理想已经彻底破灭了。

遥远的连队在向他们召唤,他们再看到的连队仿佛不是以前的连队了,连队是厚重的,既是他们活人的,也是死去的先人的,连队的每一条路既指向光明,也指向幽暗,既指向来世,也指向过往。连队落下的每一场雪,都落在去年雪落的地方,停留在连里人眼里的每一粒沙都拨动着古老而新鲜的传说和往事。这里恍兮惚兮、阴阳不分、生死重叠。纵使一只啄食的鸡,一只吃草的羊都焕发着一种神性的光辉,都能说出连队的暧昧,泥土的诡异……这里才是他们的根呐,也只能在这里,他们才能感觉到尊严、恬淡和自足,也只有在这里,他们才活出不凡的人样,一个个如神、如魔、如巫,呼风唤雨,神乎其神……

有的人一咬牙回来了。回连队的意愿与动力更像是另一场瘟疫,很快传染了在外的人。回来的人更多了,连还算红火的店都盘给了别人,好像回来晚了,先回来的人就会将自己留在连队的印迹抹去,就会抢占了那说不清道不明的一种福荫……

开往塔克拉玛干的火车

二丫头也回来了。她怀上了,她已经为那个老板打过两次胎,这次她死活要生下来,她盘算过了,这是她唯一的王牌,她要靠这张王牌上位。她的执拗让老板恼羞成怒,断了她的生活费,连房租都不替她交了,更是不再见她。而他的原配也打上门来,当着一群人的面,打她的耳光,撕她的衣服,让她赤条条地在众人眼里,裸在城市的眼里……她小小的梦想如同点燃的一根火柴,被摁进了臭水沟里,还没来得及发出"刺"的一声,就彻底破灭了。

二丫头是挺着肚子回来的。十九连越来越近了,但她没有一丝忐忑,没有一点不安。当初阿毛还是一个弃婴,十九连的人都收留了他,养育了他,她好歹还是十九连的人哩,虽然十九连的人对她肚子里的孩子少不了白眼,免不了闲话,但最终还是会接纳他们母子的,会关照他们的。想到连长,她心里更踏实了,她是骂过连长,连长也是个狠角色,但连长说到底,是个好人呐……二丫头走在了那条土路上,连队近在眼前,她故意踢腾出一片烟尘。腾起的尘土浮在半空,包裹住了她,她贪婪地嗅着,呛出了眼泪,第一次,她觉得那无边的尘土如同无边的宽厚与温暖包围了她……

13

到十九连的人做的第一件事,不是去闲置的楼房,不是去摇晃着往事的老屋,不是去自家的地里,也不是到祖坟前点炷香,烧点纸钱,而是去找阿毛。

阿毛还是那个样子,面容清秀,唇红齿白。看到阿毛,他们心完全静下来了,恍然大悟。他们之所以在外面待了那么久,走了那么远,不过是为了弄懂阿毛的话罢了。等他们真正弄懂了,便也回来了。只是这代价也太大了,有的瞎了一只眼,有的跛了一条腿,每个人都带着伤痛回来了。

望着阿毛脸上那从未消失层层叠叠的恍惚,他们才意识到,那些恍惚从来都不是阿毛自己的恍惚,是留在十九连人的,更是他们这些人的迷途,所有十九连的人在共同的恍惚中,艰难地认识什么叫坚守与梦想、舍弃与尊严……天太大了,几辈子的鸟都飞不出天空的边界,地太厚了,多少庄稼人的生死轮回都说不清一株麦苗的前生与来世……阿毛从一出生就把一切都看在眼里呢,从一开始阿毛就给所有十九连的人备着哩,阿毛,阿毛,他还真是先知先觉的哲人哩……

回来的人,通透了,清澈了,又重新做回了庄稼人。那些在城市里生出张狂、浮躁、欲念、虚妄,如一件件散发着腥臭味的衣服,被扒了下来,像一截死皮丢弃在了广阔的土地上。没有谁担忧土地承受不了,它那无边的黑色的胃,能消化所有的凶蛮与恶意,纵使把散发着铁锈味的瘟疫与战争丢进去,也不在话下,厚德载物的土地,如同佛法无边的母亲,一切的善与恶、美与丑、生与死都散发着同类的光泽……

阴阳交合了,平衡了,牲畜繁育,庄稼丰收,连队呈现出一片祥和的景象。

最悲哀的还是连长。连队被遗弃的时候,地里歉收的时候,他如一个斗士般,用自己的愤怒、悲恸、疼痛、颤抖以及无声的呐喊,给连队续上一口气,给土地撒下一把肥……然而连队重新兴旺起来了,他倒享不了这个福了。他的腰杆就像一块生铁被生生地折

开往塔克拉玛干的火车

断了,发出惊天动地的一声响。他弯着腰行走,就像替全连人背了个黑锅。连里人尤其是外出的人觉得羞愧、难过,但转念一想,他不背谁背呢,谁让他是连长哩。

连长的底气还在,那年丰收的时候,他百感交集,慷慨激昂,他站在那条土路上,指着天就骂开了,十九连的人听了半天,也不知他到底骂了个啥。但连长骂来了风,骂来了飞旋着的沙,天地一片冥黄,雨说下就下了,瓢泼着沉重如铁的委屈和泪水。连长被淋了个精湿,但他还不罢休哩,如一只跳鼠,在泥里蹦跶着,继续癫狂……

连长已过了退休的年龄了,但还是被选为连长。望着连里人那齐刷刷的面孔与头颅,如同向日葵承载了金黄的谦恭与敬意,连长的心便被一种奇异的温暖融化了,如同一把流沙倾泻。连长哭了,哭得要死要活,委屈得要死,鼻涕都糊住了颤抖着的花白胡子……

狠狠哭过一鼻子的连长,不再说一句话,就从村口的泥台上下来了,挥了挥手,意思是让十九连的人都散了。但连里人不散,泥塑般望着连长。驼着背的连长,背着手,撅着个腚,在连里人的视线里,重又走出了连长的自信与派头,还是过去那个威风八面的连长哩。

连长走出会场,衣角却像被树枝挂住了。扭头一看,竟然是张老头在扯他的衣服。张老头嘿嘿笑着说,连长,我没跟你计较哩,我们全家的人都投了你的票哩。连长没笑,知道他还对宅基地的事耿耿于怀。连长冷哼了一声说,老张,你以为我是个瞎子吗?实话告诉你,当初那块宅基地既不是你的,也不是老李头的,那是公家的哩,就算划给了老李家也没什么打紧,公家的,闲着不也是闲着,说穿了,也就是一个便宜没让你占着罢了,至于这么多年还念念不忘吗……张老头的脸一片黑红,他难堪地说,那是,那是……

14

连长真老了哩。天上的光线落下来,他都接不住几根,模糊而混浊的眼神看什么都是重影,幽冥一片,如同走进阿毛嘴里的那个连队。还有他的神思也像在倒着走路,他望见了他的中年、青年、少年……看见了一团越来越蓬勃的欲念与力气……他偷偷乐了。连队的女人就是在他充满回忆里的眼睛里走了过来。近了,女人恍若在对他暧昧地笑,扭动的屁股呈现出妩媚来,他迟疑着,如同在思考人生……但他最终又下去手了。他真冤呐,比窦娥还冤,因为他看见的是一对南瓜,是庄稼人的本能的触摸。

十九连的人有什么事来找连长时,连长再不言语了,那对虚空的眼如同阿毛的眼神望着来的人后面。问事的人也困惑地转过身,但后面终究什么都没有呢。只好又问一遍。连长还是不说话。问事的人知道连长不说话有不说话的道理,就在连长的静默中琢磨着该如何处理手上这麻烦的事。想清楚的,想不清楚的,都给连长言语一声。但连长一律不应。连长的静默里有智慧呢。想不清楚的人,在回去的路上就想清楚了。想清楚的人处理起麻烦事,就多了理性,有了克制,就不再是事了。连里人在连长无言的论断中,自己处理了一件又一件邻里的纠纷,家里的矛盾,种子的鉴别,偷情的烦恼……连里人最终在连长的无为而治中突然明白,原来

开往塔克拉玛干的火车

连队从来就没有什么事,除了生与死,别的从来就是自己徒增的贪欲与烦恼,就是自己找出来的事……

阿毛在连里的威望越来越高。十九连的人对阿毛说的每一句话都深信不疑,看见阿毛过来,他们一个个都会放下手里的活计,听听阿毛又说了些啥。听不明白没关系,就默默记在心里,回头还记在小本子上。他们知道总有一天他们会明白,阿毛慈悲哩,让他们总有什么可以看到、听到,总有什么可以回味,总有什么可以感悟……纵使这一辈子听不明白,还是没关系。去了那边,也会搞明白的。那时,才会知道阿毛是有大慈悲的,在生与死的轮回中,讲经说法,普度众生……

阿毛说话的时候,十九连的人都像被捏住了魂魄,一副痴呆样,不光是人,鸡也不再啄食,瞅着阿毛伸长了脖子,狗把尾巴立成了旗杆,目光里转出温顺与专注……不光是牲畜,风也收拢了自己的翅膀,庄稼都转过绿油油的头颅,连整个沙漠也都一下寂静无声……

唯一置若罔闻的是连长。他有一口没一口地吧嗒着旱烟,不看阿毛,也不看十九连的人,他只抬头望天,好像他尘缘已了,什么都放下了,只等着老天把他收了去。十九连的人瞅着连长的超脱样,瞅得久了,不免恍然大悟,连长有远见哩,早已把话语权交给了阿毛。现在,阿毛才是名副其实的连长哩……

十九连的人还喜欢听阿毛讲外面的事。虽然十九连不少的人也去过外面,但去看过和能把看见的都说出来给人听是两回事呢。屁牙就去过故宫,但问他到底看见了啥,他就说不清楚了。真应了出门旅游那句话:上车睡觉,下车撒尿,一问看的啥,啥都不知道。

但故宫在阿毛眼里,就成了一本摊开的书。

阿毛说到太和殿的那把龙椅,说看到一个又一个虚影在上面端坐,而龙椅生长出一把奇异的利刀,穿透了他们……连里人恍若看到了一幅幅画卷:帝王与群臣及藩王之间的对垒与交锋,历代帝王对子民的体恤、对权力的迷恋,吞纳海川的雄心,性情的张扬以及反复无常、猜忌多疑……慷慨激昂的群臣喷溅在蟠龙柱上的热血,不死的诤言,无语的忠勇,朴实无华的谋略,互相的嫉妒、倾轧以及见不得台面的蝇营狗苟……

阿毛又说到乾清宫,阿毛说后宫飘散着三尺高的迷雾,迷雾硬如砖石,所有人的脚从来都够不着真正的地面……连里人依稀体会到了皇后与嫔妃、嫔妃与嫔妃之间的争宠,皇后的寂寞,嫔妃的孤独,宫女的清冷,太监时而膨胀时而卑微的野心与惊恐……

阿毛还说到了盘旋与笼罩在整个故宫上空的一缕缕魂魄,它们不生不灭、不增不减、不垢不净……连里人就觉得那是命运的巨手,操纵着帝王的寿数,皇后与嫔妃的生产,朝代的兴衰以及历史背后的历史,传说之外的传说……

阿毛讲得神乎其神,飞沙走石,也真是奇了怪了,阿毛说起十九连,连里人都是迷迷糊糊的,但阿毛一讲起外面的风景与世界,十九连的人就像摆脱掉现实的束缚似的,一听就懂,心领神会,一个个竟然还觉得不过瘾,在想象的翅膀上,又滋生出一对小翅膀,继续盘旋,继续浪游,神思浩荡,玄想绵绵……

十九连的人想看什么地方,都不再去旅游了,活受罪,白花钱,还看不下个啥,他们央求阿毛到那个地方走一走,看一看,他们愿意提供车费、机票、住宿……

开往塔克拉玛干的火车

当阿毛背着旅行包又上路时,十九连的人便展开了新一轮的期待。他们双眼晶亮地望着走在土路上的阿毛,看着他荡起的小小的烟尘,知道阿毛是赶着一辆无形的牛车出的远门。阿毛回来,那牛车上装着的是外面世界的风景、故事、传说、见闻……只要阿毛一张嘴,它们便如流沙般倾泻下来,充盈在连队的角角落落,庄稼的枝枝叶叶,在每一阵风中闪着光,含着笑……阿毛是十九连最伟大最牛的搬运工哩,要把世界的精华都搬到十九连哩。

15

阿毛四十岁那年,黑皮娶了现在的老婆。黑皮是远近闻名的种瓜大王,他培育的新品种"十九连"远销到各个省份。当他把新品种命名为"十九连"时,所有的人都不理解,连家里人也觉得莫名其妙,哪有瓜叫这个名字的,简直是驴唇不对马嘴,但黑皮固执得很,非要叫这个名。当连里的人看到黑皮的新瓜种声名远播,几乎全国知晓,他们这才明白了黑皮的用心了,黑皮是要让全世界的人都知道有个十九连哩。这是黑皮的荣耀,也是全连人的自豪。十九连的人走路不光挺胸,肚皮也挺着,一个个满肚肥肠的……黑皮更牛了,瓜都不卖了,只卖瓜种,发达得一塌糊涂。

黑皮前面的老婆二十出头嫁给了黑皮,吃了十几年的苦,该享大福了,却撒手走了。黑皮消停了两年,才重新动了娶妻的念头,黑皮的念头动得大,手也狠,光彩礼就给了人家五十万。当然,黑皮娶的是县城里的女人。女人嫁过来时,十九连的人都去看了,觉得值,毕竟是城里人,好看倒是次要,要紧的是那份气质,须得像,像啥哩,十九连的老人满脑子搜刮,突然之间都想起来了,像那个上海女知青。连长见着黑皮的新老婆,也活过来了一样,老眼里放出少有的清亮来,虽然还是不言语,但他的腰竭力向前挺着,像要把背上的锅消掉似的,难为的是他的一双老寒腿,几乎折成了九十度……

黑皮新娶的老婆名字好听,叫柳佳微。娶了柳佳微对黑皮来说就像人生彻底圆满了,他摆出一副志得意满的神情,头昂着,像一只得胜的小公鸡。连里人瞅看他的神气样,又嫉妒又不平衡:瞧你那样,不就是娶了个城里女人嘛。黑皮一点也不低调,反击道,我就是能怎么啦,有本事你也娶一个回来……

黑皮对柳佳微殷勤得很,恨不得时时捧在手心里。他不让柳佳微干地里的活,就给她开了一家商店。说是商店,应该叫超市才更为准确,商品又多又全,价格也比连里另外两家便宜,还雇了老吕头家的三丫头给她当帮手。柳佳微虽说是半个甩手掌柜,可一年的工夫,还是让连里另外两家便利店经营不下去,垮掉了。

有事没事黑皮都到柳佳微跟前转转,晚上就不说了,白天在瓜种基地也待不踏实,总到超市来帮帮忙,打个下手。柳佳微一见到黑皮,那张粉脸就拧出厌烦与冷淡。黑皮只是笑,加倍讨好地笑。柳佳微的眉一直皱着,黑皮便一直笑,脸上的肌肉都笑僵了,他还在那里撑着,撑成了一张二皮脸……

黑皮有黑皮的忧虑。柳佳微年轻、漂亮,还上过大学,虽说只是个大专,可在十九连也算得上高学历。柳佳微来到十九连第一年就待不下去了,说没见过这样的鬼地方,除了风,就是沙,夏天炎热干燥,冬天却冷得伸不出手。尤其是见到连里的几个女人,才三

开往塔克拉玛干的火车

十出头就一脸老相,更是目瞪口呆,觉得那就是自己今后的模样。

柳佳微鼓动黑皮到别处去发展。黑皮什么都能听她的,唯独这点不行,他离开十九连就什么都不是了,他只有在这一片风沙之地才能培育出最牛的瓜种来。黑皮好言相劝,低三下四地说十九连的种种好来。黑皮的嘴笨,说不到点子上。柳佳微更加烦躁,竟提出了离婚。

黑皮不愿意了,当初为了娶她耗去了一半的家底。黑皮只好沉默,只好屁颠颠地跟着,把她罩在自己的视线里,生怕柳佳微一走了之。当然,这也是无奈之举,毕竟腿长在人家柳佳微身上。不过一年半的工夫,黑皮就被柳佳微弄得心力交瘁,在连里人面前也没了显摆的兴致,一副衰样。连里人又有闲话说了,说黑皮毕竟四十岁的人了,公粮怕是交得艰难,越是好看的女人那方面就越是个无底洞哩……面对连里人的嘲笑,黑皮不再回击,脸上像被风吹动的沙丘,忧愁层层扩散开来……

当黑皮看到阿毛和柳佳微有了接触时,黑皮心里还是蛮高兴的,谁都知道阿毛才是十九连的门神哩,不相干的人休想进来,进来的人也休想出去。有他给柳佳微说道,估计她才能改变对十九连的看法呢。当柳佳微彻底当起甩手掌柜,一次次往阿毛那里跑时,他压根没有多想,反倒放心了,有阿毛帮他看着哩……

其实柳佳微嫁到十九连没几天,就听说了阿毛的神神鬼鬼。但那时阿毛正好出远门,她便把那份好奇又放下了。阿毛回来后,也听到连里一些关于柳佳微的鲜亮言传,并没往心里去,有一大摊子事等着他去处理呢,那个废弃的连队、他一个人的连队,没几天就长出新一茬的记忆和往事,那是住在楼房的十九连人在梦呓中丢掉的力气、流逝的时光、脆薄的欲念,更是死亡在他们的额头刻下的衰老印迹……人活着可怜呐……阿毛这个菜农,用锋利的镰刀,把它们如韭菜般一茬茬收割、晾晒,等正午的阳光把它们彻底吃透、定型,再把它们垒在每家老屋的院落,如一堆麦草般,越垒越高……阿毛处理完连队的事,还有沙漠的事,那些沙丘像会流动的湖泊,圆形的流动成椭圆,椭圆的流动成长方形,长方形的又流动成圆形……阿毛得把沙漠亘古不变的轮回进行重新归纳、整理……他要触摸到它每一次华丽转身时的玄妙……

阿毛走进柳佳微的超市也是没有办法的事,老齐家的便利店关门了,他只好到柳佳微这里买盐。阿毛吃盐就像喝水,每个月都得半斤。第一次看到柳佳微时,阿毛完全忘记了买盐的事,只是盯着柳佳微看,鼻翼一个劲地抽动……

这也是柳佳微第一次见阿毛。阿毛看上去几乎和她一样年轻,更让她好奇的当然还是阿毛脸上不变的恍惚,看得细了,才发现他脸上的恍惚是那么的忧郁。柳佳微笑着对痴痴呆呆的阿毛说,你就是阿毛吧,看啥哩?

阿毛说,看你哩。柳佳微不以为然,她知道自己长得好看,是个男人都喜欢看。阿毛说,你身上有白杨的味道、银杏的味道、榆树的味道、沙枣花的味道、丁香的味道、刺玫的味道……阿毛又抽动了一下鼻翼说,还有一种红狐的味道……

柳佳微的脸红了,她咬着唇,直至咬出一道白印:阿毛,你胡说个啥……阿毛说,我没胡说呢,你身上那些味道,在相互碰撞、争吵,在大声说话哩,你要是不信,我带你去村口的白杨林看看,你听听它们说话的声音就晓得了。

开往塔克拉玛干的火车

柳佳微果真就跟着阿毛来到了村外的白杨林。但白杨林里只有风吹动树叶发出的"哗哗"声。柳佳微说,阿毛,你是个骗人鬼。阿毛认真地说,我没骗你哩,你静下心,慢慢听。

柳佳微就静下心听,但这一静下来,就过去了半个月的光景。等她心真静下来了,阿毛就变成了魔法师,在他点石成金的话语里,柳佳微的耳朵越来越敏锐,也越来越缥缈,她果然听到了每一处枝叶生长发出的缓慢的"沙沙"声,每一棵白杨在正午对话时的"嗡嗡"声,更神奇的是那棵孤零零的"白杨公主",她的枝叶每一次生长,都发出"吃吃"声,如同一个活泼女子的笑声,并且那笑声里还长出一层软软的绒毛,直挠柳佳微的耳朵,她痒得不行,直痒到心底,她忍不住了,也吃吃地笑了起来。

阿毛带着柳佳微去见识连队的各个树种、灌木、花草,去倾听它们的声音,品尝它们的味道,感受它们的气息。柳佳微的脸上也渐渐有了恍惚的神采,陷入时间锯齿般的深渊里。在微观的世界里,整个连队便生出雄奇、瑰丽的样貌来,沙枣花开放的时候,她嗅一鼻子,就知道那是她的味道,银杏树金黄的时候,她望一眼,两股相同的脉脉的气息便于无声处激荡……柳佳微重新审视阿毛,笑了,说,阿毛,你是个诗人哩……

柳佳微和阿毛认识大半年的一天,柳佳微让阿毛带她去找红狐,他们来到了沙漠深处。别的种种她都见识过了,就差红狐了。走进沙漠的时候,阿毛透了底:狐狸到处都是,但红狐得碰运气。他们一口气就走了两个时辰,刚停下来歇息,就起了风。风不大不小,风过后,一切就静下来了,静得发慌,静得一派金黄。柳佳微被天地之间的辽远和寂静震撼,她突然就想大哭一场。但她没有哭,心里流淌着一种巨大的柔情蜜意,她觉得那湛蓝的天空如同棉被,而延绵起伏的沙丘如同大床,她把阿毛扑倒在"大床"上,灵魂与肉体同时发出了一声尖叫。阿毛抽动着鼻翼,嗅到了红狐的气息,柳佳微那赤红的脸,恍惚的眼睛,不是红狐又是什么,阿毛觉得自己的运气简直好极了……

当黑皮听到连里人议论柳佳微和阿毛时,如同被灌了满满两耳朵沙,有一种昏沉沉的无力感与隔膜感,还有一种咯吱咯吱的声音在响,就像他的神经在被什么东西咀嚼着。他满腔怒火地去找连长,把满腹的委屈都说给了连长。连长听完,照旧一言不发。黑皮固执着不走,非要给个说法。连长把烟杆敲在了他的脑袋上。连长下手狠,直接在黑皮眼前敲出了九个太阳。黑皮迷糊了,全部神思都在那九个太阳里来回打转。

当九个打转的太阳重新围拢聚合成一个太阳时,他耳朵里的流沙才算漏干净,也冷静下来,自从柳佳微和阿毛打上交道后,整个人都安静下来,再也不提离开十九连的话了,尤其是最近,也不再跟着阿毛到处浪荡,而是专心在店里操持,还想把三丫头开掉,说自己一个人就能应付,一副要扎下根和黑皮好好过日子的架势。

三丫头最终还是留在了店里,黑皮脸皮薄,觉得开掉三丫头多少有些不仁义,便劝柳佳微还是留下她,再说家里也不缺那几个钱,有个人在店里帮衬她总比一个人干好。柳佳微没有任性,只说那就留下吧,但她的腰身里就像装了台马达,开始变得异常勤快,什么事都亲力亲为,还让黑皮有事没事不要到店里乱窜,安心培育瓜种。看到柳佳微的踏实劲,黑皮激动得不行,觉得是自家祖坟冒了青烟,保佑他哩。当然,归根结底是阿毛的功劳,是那个阿毛让

开往塔克拉玛干的火车

柳佳微体会到了这里真正的好。

黑皮想明白了,但还是觉得憋屈,他想找柳佳微问一问,也许一切并不像连里人说的那样。但他瞬间又打消了这个念头,他知道柳佳微的性子,今天的大好局面来之不易,要是他这一问把柳佳微惹火了,来个一走了之,他就鸡飞蛋打,什么都捞不着。损失掉的钱财倒是小事,关键他是真心稀罕柳佳微。能娶到柳佳微就像是实现了人生最大的理想,理想没了,他岂不成了丧家之犬……

黑皮来找阿毛。在阿毛的连队里找到了,阿毛正坐在某家老屋小小的院落里,脸上是一片虚影,安静地倾听着寂静深处的风尘与往事。坐在阿毛对面快一个时辰了,阿毛还是一脸的恍惚。黑皮没瞧出阿毛半点的不自在。他多少放心了,问阿毛为什么喜欢看柳佳微,又到底看到了啥。

阿毛说了。但阿毛回答得玄之又玄,如同柳佳微是一滴水,阿毛却描绘出了整个海洋,处处是虚幻的影像。黑皮搞不懂柳佳微怎么一会成了白杨,一会又成了银杏、丁香、沙枣花……就像站在黑皮面前的柳佳微只是一扇门,推开了便是另外一个绚烂的世界……但不管怎样,阿毛把柳佳微说成了一个万花筒,还是让黑皮感到无比的自豪与荣耀……

黑皮只能竭尽全力去搞懂。柳佳微起床的时候,他看着;化妆的时候,他瞧着;吃早饭的时候,他盯着;去超市了,他想着;晚上回来了,他继续观望着……看了一段时间,黑皮看出点苗头。

夜晚,柳佳微坐在书桌前,在纸上写着什么。黑皮不敢打搅,看着柳佳微的半张脸,那半张脸被一种莫名的愁思笼罩着,忧郁得不行,黑皮的心不由揪着,恍若看见一个孤独的人在寒风吹彻的沙漠里行走，走着走着就进入到一片迷雾中，那是柳佳微眉睫间隐约的阴影，那阴影像是一扇虚掩的门，能看到萤火虫一闪一亮，缓缓滑行，又猛然倏地寂灭，在寂静的尽头，柳佳微隐住的另外半张脸慢慢转过来，那半张脸有着梦幻的色彩，高贵而圣洁，如同被一种全新的自由笼罩……

夜很深了，黑皮睁大双眼看着睡梦中的柳佳微，黑夜如同薄纱一层层落在她的身上，映衬着她曼妙而结实的曲线，他轻轻伸出了手，却触摸到一层毛茸茸的东西，如尚在梦境中的光环……柳佳微翻了一下身，一只手臂如一条软鞭打在他的胸口，她的手臂光洁清凉，他的心一颤，接着便涌动着迷醉，那一刻，他脑袋里白光一闪，如同灵魂出窍……

阿毛说得没错哩，柳佳微真是一滴神水哩，在他心里扩散出海的轮廓来，他黑皮真是赚大了。

在黑夜深处，他百感交集，发出一阵偷笑……

16

夏至刚过，阿毛又背着旅行包出远门了。望着在土路上腾起一片细小烟尘的阿毛，连里人什么都没问，反正阿毛的眼光毒着哩，到了哪里都会把那里的景致如麦草般割下，装进那辆无形的牛车，运回到十九连来。

秋分的时候，连里人一边忙着收获，一边关注着那条土路，在他们的印象中，阿毛每次外出短则十天半月，长则也不过三个月，现在最长的期限到了，满载而归的阿毛应当正是回来的时候，到处

开往塔克拉玛干的火车

都是收获着的喜悦哩,他要锦上添花哩。

但粮食全部归仓,棉花连低级花都交到了加工厂,还是不见阿毛出现在那条土路上。霜降过后没几天,连里人不踏实了,不明白阿毛为什么还不回来。难道阿毛遇到了一个比十九连还有看头的地方留下来了,不要十九连了?难道……十九连的人越想越慌,也越想越痛,如同心里裂开了一个口子,越想,这口子扯得就越大……

屁牙用斩钉截铁的语气打消了连里人的顾虑。他说起了阿毛两年前的那次远行。那次阿毛出门时,正好碰见屁牙。屁牙问阿毛这次去哪。阿毛说去峨眉山看看,那里正是好景致。屁牙问,那得两个月的工夫吧?阿毛说,可不是。可阿毛刚走不到半个月,邻村的五常来十九连拉头茬西瓜,就说碰见了阿毛,还想把阿毛捎带回来呢。屁牙说,你哄鬼吧,阿毛去峨眉山了,少说也得两个月。五常急了,说,我骗你做啥,我和阿毛还是初中同学哩。屁牙半信半疑说,既然阿毛回来了,为啥不坐你的顺路车。五常说,阿毛要到安里村看薰衣草哩,他说现在正是薰衣草开得烂漫的日子,虽然安里村和十九连不过十几里路,但终究不同路哩……

五常果然没有骗人,一天后阿毛就出现在那条土路上。连里人和屁牙围住阿毛问,你不是去峨眉山了吗?阿毛说,他都到了峨眉山脚下了,但还是扭头就走,连一眼都没有多看。连里人纳闷了,问阿毛那是为啥。阿毛说几年前就发现靠近连队的一处沙丘下一棵红柳与一棵沙柳的根缠在了一起,他还做了小手术,把它们的根割开,然后用布条缠住,让它们互相汲取养分。到了今年春上,红柳和沙柳竟然有了奇异的变化,红柳向着沙柳的样子长,而沙柳也向着红柳的样子长。等他到了峨眉山脚下,才猛然想起正是红柳开花的时候,他不知道红柳会开出什么样的花来,是红柳样的,还是沙柳样的,这疑问折磨得他心痒难耐,只好回来了。阿毛说完,连里人都笑了,看来在阿毛眼里,连队与沙漠才是最勾魂的风景呢,看不够也看不完哩,如连里人看自家的孩子,那份俊俏与贴心哪家的孩子都比不了。连里人笑着骂了,那声音里,透着说不清的亲昵。

等待磨人哩,小雪刚过第二天,十九连就下了今年的第一场雪,十九连的人的心思又慌乱起来,受不住这份煎熬了。连里人不由埋怨阿毛出门为啥不带个手机。如今十九连的孩子都有手机了,但阿毛没有。黑皮曾经给阿毛送过一个,阿毛不用,说那东西是个黑洞,进去了,外面的世界就小了,连周遭的声音都听不见了。当时连里人听了,哈哈一笑,不用就不用吧,反正只要阿毛在连里就总能找到,纵使出去了也会回来。但谁都没想到阿毛这次出去这么久,按理说,阿毛知道连里人在惦念着他,他应该打个电话报个平安才对呀,难道阿毛出了什么意外,难道……十九连的人不敢再难道了。

大雪那天,气温一下子降到了零下四十三度。这样呵气成冰的鬼天气起码有十多年没有见过了。十九连的人就像得了什么征兆,内心扭成了形态各异的冰坨。焦灼的十九连人又想到了连长。

这些年,连长只为阿毛的地解放棉苗的事敲打过张发生,召集过大家,之后,连长又恢复到不言不语的死样。

连长像被冻住了似的,吧嗒着旱烟,一言不发。大家失望地离开。但第二天,连里就有人看见连长搬到老屋去了,冷寂已久的烟

开往塔克拉玛干的火车

囱冒出缕缕炊烟来。一些人突然意识到什么,也纷纷搬回老屋。老屋真冷啊,连里人烧了三天三夜的炕,才把屋里的寒气驱除干净。连里人心酸得厉害,他们不知道阿毛在一个个寒冷的冬天是怎么度过的。现在,这里成了阿毛一个人的连队。他们只有帮他守住这连队,或许他才能重新踏上归途。

寒流终于过去了,连队的万物又喘上一口热气,但连队的那条土路上还是不见阿毛的身影。好在快过年了,连里人知道无论在外多远的人,过年了都得回来,何况是知晓事理的阿毛。他们怀揣着最后一丝希望期待阿毛的回归。

腊月十八开始,柳佳微就把店完全丢给了三丫头,每天站在土路旁等候。柳佳微围了一个火红色的头巾,过去,她嫌围头巾的样式和颜色土气。但现在她不这样想,只有围成这个样子,才能远远地让阿毛看见一团火。柳佳微围出了十足的十九连女人的样貌,只露出一双失魂落魄的眼睛。

她心里装满了幽怨。她觉得她的阿毛哥不仗义哩,她听了他的话呢,安心在十九连待了下来,安心和黑皮好好过日子……但阿毛怎么就不回来了呢。阿毛一走,连队不再是阿毛在时的连队了,阿毛在时的连队,既是现世的,也是过往与来世的,阳光与空气中飘荡着重叠世界的回音与往事……现在的连队呢,光秃秃一片,除了冷,就是一片空茫,像所有的生命遭遇灭顶之灾,呈现出凄凄的死寂来,这是让她无法忍受的。她冷得厉害,屋里烧得再热也无济于事,她心底的冷快要把她彻底摧毁了,她这才明白,没有了阿毛,她成了一个空心人了……

腊月二十,黑皮丢下别的事,也来到了那条土路边。这段时间的煎熬,让他心底最深处对阿毛的一丝不快也彻底烟消云散,他灰头土脸地站在路边,内心加倍渴望着阿毛的回归。三个月了,柳佳微就像被施了魔法,变成了另一个人,暴躁、易怒、歇斯底里,更重要的,柳佳微把那扇虚幻与想象之门也关上了,无论黑皮怎么瞧也看不到那笼罩在她身上的神秘光辉与玄妙莫测的美,柳佳微就像从仙境中落在了尘世间,她仍然是年轻的、好看的,但再没有那种惊心动魄的色彩了。有时,黑皮望着柳佳微干燥而扭曲的脸,第一次惊恐地察觉了她的平庸与微微的丑陋……他望着被积雪覆盖的土路,在阳光的反射下,刺得他的眼生疼。但他一刻也不把目光从土路上移开,他知道只有阿毛回来,柳佳微才能重获解禁,他才能重新领略柳佳微如梦如幻的美……

大年三十那天清晨,十九连几乎所有的男女老少都站到了土路边,等待着阿毛。连长也来了,他背上的锅更沉了,腰几乎打成了对折,但他的目光硬得出奇,如锈迹斑斑的锚,深深扎在土路的尽头。在十九连人的身后,是各家的狗,狗的后面,是连里的牛、马、羊、鸡……它们组成了连队的第二方阵、第三方阵……共同守望着。最远处的还是那片沙漠,沙漠耸着脊背,睁着亿万只沙砾的眼,居高临下地望着那条土路。

静,太静了,所有的生灵都不言语,所有的万物都被禁锢。只有那条被白雪覆盖的土路沸腾着连队与土地的强烈意愿。在天地的大静之中,十九连的人一动不动地望着那条土路的远方,他们知道阿毛随时都可能出现。一旦阿毛出现,十九连的魂就算回来了,稳住了,那时鸡鸣狗吠,牛羊欢腾,连队与老屋重又注入生机,变得厚重,那些走失的祖辈会再次回来,充盈夜空与十九连人的睡梦。

开往塔克拉玛干的火车

而种子如长了腿的跳鼠,跳进土地的怀抱,提前发芽,提前宣告春天的到来……远方的沙漠就会如潮水向后退去,一座座沙丘会合并,升高,就像一份隆重的馈赠,直至退出八万亩良田……

十九连的人还知道,阿毛才是命运的宠儿哩,也毒辣着呢,他出走了这么久,几乎成了强盗了,阿毛发着狠要把世界各地的美妙与精华连根拔起,装进行囊,回来的阿毛会把世界各地的影子种植到十九连的每一阵风里,每一粒沙里,一旦连里有个声响,整个十九连恍若成了世界的中心,也就是世界的中心……

失踪的父亲

1

　　光,硬得出奇,透过宾馆金丝绒窗帘的一角,如同一把锋利的匕首,刺穿了一屋子的黑暗。宋平不动,那束光亦不动,一股血腥之气与钝痛恍若从千里之外传来。

　　一个小时前,或许两个小时前,二毛打来电话。二毛轻描淡写地说,陈默走了。

　　什么?他的脑袋完全从薄鸭绒被里探了出来。

　　陈默死了。二毛继续平静地说,前天晚上我们一起喝的酒,没有什么不正常,还那样,只是比我们多喝了两杯。昨晚两点多钟,他老婆出差回来,看见他躺在客厅中央,手里握着一把吉列刀片,一动不动,客厅里全是血,连天花板上都是……

　　噢,死了。或许是受二毛的影响,他的声音平静得让自己都感到可怕,他曾不止一次有这样的

开往塔克拉玛干的火车

经历——第二天醉酒醒来,充满了对自己的厌弃,也曾不止一次想到死。

他、大头、二毛、陈默算得上奇怪的朋友,都是四十五岁左右,都有一定的经济基础与社会地位,还有差不多的性情。具体是什么原因让他们越来越近,宋平说不清。但一次,大头抹掉千锤百炼的名字郑重其事地说他叫大头时,宋平认真地打量着他。他的头不大,不但不大,还比普通人小一号。宋平觉得有点意思。

你竟然叫大头,宋平哈哈大笑起来,把一杯酒恶狠狠地喝掉,又重重地放在酒桌上,然后向大头伸出了自己的手,严肃地说,重新认识一下,我叫屁牙。

他们不打麻将,如果打,倒是可以凑成不可或缺的一桌。他们只在一起喝酒。他们不缺饭局,几乎不用自己掏钱,对不得不去的饭局他们都深恶痛绝。他们轮流掏钱做庄,这周是二毛,过几周就是大头。他们见面时,出奇地兴奋,谁都弄不清那股兴奋劲到底来自何处。但兴奋就是兴奋,就好像几个人见面产生了一种奇异的化学反应。他们不聊政治,不聊单位,不聊球赛,甚至不聊女人。他们聊做梦。

一年前第一次饭局时,他们就说到了梦。当时宋平正不自在,甚至不明白为什么会来参加这么个奇怪的饭局。二毛上午给他打电话说,给他介绍两个朋友。二毛说到朋友时,加重了语气。宋平不以为然,人过了四十以后,朋友是在做减法。如果没有了,就估计不会再有了。一般宋平对和陌生人吃饭都会推。那天,他没推了。他说去。说完,他愣在那儿了。

三杯酒下肚,宋平的脑子热了起来。不热的是气氛,大家脸上挂着显而易见的拘谨与客气。二毛突然说,我昨晚做了一个梦,我几乎每天晚上都做梦,有时还能一个梦接着一个梦做。宋平说,我好久没做过梦了,说说看。二毛说,我梦见我的身体一半白一半黑,更奇怪的是黑的那边长着一只白色的鱼鳍,而白的那边长着一只黑色的鱼鳍……

二毛的梦让大家顿时兴奋起来。大头说,不应该是一半白一半黑,也不该是从中间笔直地分开,而是拦腰两截,上半截蓝,下半截绿,蓝是热带鱼的那种蓝,炫目而丰富,透出冰冷;而绿是绿孔雀的那种绿,清爽而深邃,散发热烈……

宋平和陈默却不苟同,围绕着二毛的梦展开了激烈的争论,在二毛的梦之上随心所欲地嫁接、种植着各自的想法……当晚宋平就做梦了。过去偶尔做梦,早上醒来都忘得一干二净。但那天早上他记得清清楚楚,他梦见自己趋于无限透明,身体里的血肉与骨骼都消失不见,取而代之的是亿万颗露珠,他稍一张嘴,晶莹剔透的露珠便倾泻而出……

二毛爱做梦的毛病就像一种传染性极强的病菌,逐渐牢牢附着在宋平他们身上。他们每晚也开始做梦,并且经过夜晚的发酵变得格外清晰。刚开始那阵,他们差不多一个星期就聚一次,说自己的梦,让他们没想到的是,梦境被讲述的时刻如同一座迷宫,变得玄妙多变起来,他们一遍遍讲,一遍遍求证,想弄清他们到底梦见了什么。更奇妙的是,别人的讲述并不影响他们自己的发现,别人的梦更像是提供的一个台阶或打开的一扇门,他们随意出入,在别人的梦里看见自己梦的影子,犹如在别人的梦中,心安理得地做着自己的梦。

开往塔克拉玛干的火车

　　经过最初的热聊后,他们变得节制起来。他们约定一个月最多见一次,平时不见面的时候,他们都各自把梦攒着,那些层层叠叠的梦在记忆中相互影响、相互指向,并且同类项合并,如同一把钝器被不长不短的时间打磨出新的光泽来,在下次聚会时,每个人的梦都光彩夺目,飘荡出交响乐般的回音……

　　不知从什么时候起,他们在说到自己的梦时,不再说"我梦见"这三个字,而是直接切入。让他们始料未及的是,这竟然造成了一种奇幻效果。就像他们不自觉间打开了一个神秘的世界,更像是在共同拼凑与描绘着一张腾飞于想象之上的蓝图。他们感到一种前所未有的惬意,其实他们知道,那是自由。宋平在乐此不疲的聚会中,产生了一丝隐忧,他们的相聚,就像被社会与现实完全抽空,他们对彼此说了那么多,其实他们已然陌生,犹如两个偶遇的人在宾馆彻夜长谈,第二天一早各奔东西……

　　而现在,陈默走了。

　　我是昨晚四点多赶到陈默的住处的。他老婆估计是惊吓过度,看上去竟然没一点表情,但还是那么漂亮。他死前还摆了一个"大"字的造型,那是他有意为之的,不容易,一个人在疼痛与绝望中还想整出点新鲜花样,确实难为他了。不过话说回来,我要是他,绝不会采取那种姿势,就像阿Q临死前画的那个圈,太土了……

　　二毛的嘴上仿佛沾着血,透着冷酷甚至残忍,就像是在谈论一个毫不相干的陌生人……

　　宋平摸出一支烟点上,整个人完全醒了。手机"叮"地响了一下,他打开微信,是大头的:陈默还是走了。宋平刚看完,那边又撤

失踪的父亲

回了这条微信,重新发来一条:陈默死了。宋平回了微信,说已经知道了,二毛刚给他打过电话。那边不再有任何动静,宋平盯了好几分钟才意识到大头期望他能再说点什么。但他能说点什么呢?他其实一直希望大头能再说点什么。

2

当手机的闹铃响起时,宋平吓了一跳。他拿起手机,正好十点。手机的闹铃不是叫他起床的,再说,今天不用谈判。这是父亲起床的时间。父亲爱睡懒觉,不管什么情况,纵使天塌下来,也要睡到十点。

一次,宋平宿酒后起来,又感到一种深深的厌弃,他想找人说点什么,在脑海里搜寻了一圈,只能想到父亲。他便打给父亲。父亲不接,他固执地打。父亲终于接了,在那边大发雷霆,质问他为什么这么早给他打电话,不知道他要睡到十点吗。宋平也火了:我怎么知道你要十点才起床,我什么时候这个点给你打过电话?父亲不甘示弱,鸡贼地干笑了一声说,你现在不是打了吗?不过你给我打也没用,我现在脑子昏着呢,说也白说。说完就把电话挂了。宋平不禁恼怒万分,但奇怪的是,那种厌弃的情绪突然消散,他再也不用给任何人打电话了。

宋平调出手机的电话簿,翻动着,定格在"恶棍"两个字上。这是父亲在宋平手机里的称谓。过去,父亲在宋平手机里的称谓,没有这么惨,虽然不叫"父亲",也不叫"爸爸",但起码还保留着本名——宋江。这是一个耳熟能详的名字,谁都知道《水浒》里有个

开往塔克拉玛干的火车

宋江,仗义疏财的"及时雨"。宋平觉得父亲叫宋江简直是一个讽刺。因为父亲就是个地地道道的骗子。

几年前,宋平他哥宋瑞告诉宋平说父亲把二舅给骗了,整整五万块。宋瑞是咬牙切齿给他说的。宋平听了,义愤填膺。二舅生活在社会的底层,并且还有一个瘫痪在床的儿子,要多可怜就有多可怜,父亲怎么忍心去骗他的钱,简直没有一点人性。但他能做的就是把父亲的本名在手机里置换成了"恶棍"。给父亲改名后,宋平第一时间就给父亲打了电话。父亲一副满不在乎的无赖嘴脸:噢,恶棍,不错,就是有点俗了,有没有更新鲜点的叫法?

在宋平的印象中,父亲就是一张嘴,凭着这张嘴父亲把一家人从村里"说"到镇上,又从镇上"说"到县里,最终在城市安定下来。户口也从农村户口变成了城市户口。父亲走到哪,朋友都特别多,几乎每晚都有人请。父亲从来都是吃别人的。宋平十岁的一天晚上,父亲又喝多了,被县城里的朋友送回家,一同送回来的还有一个猪头。当时,那也是稀罕货。外人走了,母亲说你这样好意思吗?吃吃喝喝也就算了,还拿别人的。父亲仗着酒劲,拍着八仙桌上那只血糊啦嚓的猪头趾高气扬地说,有什么不好意思的,他们有话要说,并且也只有对我说才管用,我有什么办法,总不能活活憋死他们吧……

按理说,凭着父亲的嘴,宋平一家人也算是改变了最初的命运,但家里没有一个人念父亲的好。母亲如此,宋平兄弟几个更是如此。这和父亲的一大爱好有关:女人。父亲走到哪里总能遇到不错的女人,总能惹出一屁股臊来。

宋平八岁那年,父亲把镇上百货商店的李营业员骚情上了。

失踪的父亲

李营业员可是镇里的第一美人,谁都没想到连镇长都想骚情的女人让父亲得了手。父亲是什么东西,不过调到镇上才一年,还是一个臭教书匠。如果是被有权有势的镇长骚情了,李营业员的老公也就忍了,全当不知道,可这个居然是父亲,李营业员的老公简直忍无可忍,心一横,拿了一把杀猪刀就来找父亲算账。

父亲正在喝粥,把粥喝得稀里哗啦,响声一片。父亲看到一张凶神恶煞的脸和一把明晃晃的杀猪刀,扔下碗,撒腿就跑。父亲瘦,跑得轻快,李营业员老公胖,追出几百米后,气喘吁吁。父亲跑到一个废弃的大磨盘处停了下来,等到李营业员老公赶上后,两个人便开始围着磨盘转圈。父亲边转圈边说,李营业员老公转不动了,父亲还在说。一连三天,李营业员的老公都揣着杀猪刀来找父亲的麻烦。父亲看着那把杀猪刀已经不再害怕,气定神闲,来了,便开始和李营业员老公摆事实讲道理。一个星期后,李营业员的老公再来,杀猪刀没了,手里拎着猪头肉。认识父亲的人都知道父亲的最爱就是猪头肉。镇上的人本想着看一出闹剧与笑话,但时间证明,李营业员老公却和父亲成了朋友。

父亲的这一爱好让父亲在世人眼里声名狼藉,理所当然地获得了浪荡公子、花花公子诸如此类的名头。父亲不在乎,还是那副吊儿郎当的劲,更让人奇怪的是,他仍旧还是朋友遍天下。吃亏的只有母亲和宋平兄弟,背负着父亲的骂名,咀嚼着羞耻度日。一家人搬到市里的第二年,父亲和母亲离婚了。在八十年代,离婚本身就是一件天大的事。别说一个村,一个县,纵使一个城市里又有几对夫妻会选择离婚。宋平兄弟再次遭受了更大的耻辱,更让他们抬不起头。

开往塔克拉玛干的火车

离婚是母亲提出来的。母亲是个自尊心相当强的女人,但她的这份自尊已被父亲几次三番撕扯得伤痕累累。即便如此,母亲本还想继续忍,还不想离。但父亲又被人捉奸了。和父亲偷情的是市教育局的一个副局长,坊间传言她和主管文化、教育的副市长还有一腿。捉奸的人,父亲不认识,如果和父亲认识的话,估计父亲还能逃过一劫。奇怪的是,女副局长也不认识,一群陌生人捉了他们的奸。事发后,说什么的都有,有人说这事不光是捉奸这么简单,这后面有背景,还有阴谋,可能牵扯到上层。也有人觉得风光的是父亲,不管怎么说,父亲从某种角度上,和市领导一下子平起平坐了。

但捉奸就是捉奸,等于把罪名坐实,等于铁板钉钉。纵使别的男人拿着杀猪刀杀上门来,母亲终究还有话可说:不是亲眼看见,也没捉奸在床,最后不是放下屠刀立地成佛了嘛,还猪头肉侍候,最后的最后,传言还不是变成朋友加兄弟了嘛。

但捉奸就等于扯去了母亲身上最后一块遮羞布。人要脸,树要皮。没有脸面可怎么活。母亲没有退路,周围的人都鼓动她离。母亲终于也忍无可忍,向父亲提出了离婚。两个孩子都归了母亲。这不是母亲的意思,也不是父亲的意思,是两个孩子的意思。

3

宋平从床下捞起另一只枕头,横立在床头,他的整个身体也随之上移,舒服地靠在枕头上,就像一只浮出水面的潜艇。与他视线正对着的,是电视上无声的画面,一个女人正在画面里说着什么,如同一只深海里的鱼,吐出一串串气泡。屏幕里的画面一点也不刺眼,由于无声,完全属于黑暗的一部分。

宋平在家也习惯打开电视,关掉声音,躺在客厅的沙发上盯着电视上那一张张滑过的画面。他们到底说了些什么,画面上的那些男女老幼,不同职业与地位的人们。他喜欢在想象中根据人物的神态、表情及肢体动作猜测他们的每一句话,就像一个充满趣味的游戏。有时在游戏的过程中难免感到一种更深的沮丧甚至绝望:他们能说些什么呢,或许说什么都是无用的,也是荒诞的。枕着沮丧,他往往不知不觉睡去,又在半夜醒来。他起身回到卧室,把卧室里的电视打开,继续关掉声音,躺下……

电视画面定格到一个女人的背影,在黄昏的沙滩上,涌动的海水覆没了她的脚踝并打湿了亚麻长裙的下摆。她不为所动地站在那里,让海风随意拂动她焗过的栗色短发……镜头在一点点拉近,她偏过半张脸来。宋平的心一动,他想到了吕丽。

宋平是在一家咖啡厅与吕丽相遇的。那天也是黄昏。经服务生的推荐,他点了一杯哥伦比亚咖啡。让他沉醉的是陈慧娴的那首《千千阙歌》。这首歌他百听不厌,并被那种热烈的忧伤深深打动。当那首歌最后一个尾音从音响里消失,他如梦方醒,抬起头来,正看见隔着两张桌子另一双如梦方醒的眼睛。

她的脸上挂着忧伤,其实那是比忧伤更深刻的东西。宋平犹豫了一下,端着咖啡向她走去。其实,他不擅长和女人搭讪,虽然他在婚姻之外也经历过几个女人,但那都得归功于机缘巧合以及水到渠成。

他把咖啡放在吕丽的对面,手一抖,咖啡溅到自己的手背上。

开往塔克拉玛干的火车

他的声音虚弱而干瘪,如同被什么死死捏住了喉咙:我能坐在你对面吗?吕丽的表情已经恢复到正常,她探究地望着一副缺氧状态的宋平,突然一笑,抽出一张纸巾递给了他。宋平坐下来才注意到她脸上的笑变得诡异与意味深长,好像她早已洞察到他什么致命的秘密。

宋平说起了自己的童年。他曾经不止一次想向什么人说起那段经历。但事实是他从未如愿,对妻子、好友甚至经历过的几个女人都没有。不是说他的童年有多么令人难以启齿,而是总是缺乏一个合适的点。他总是与那个触发的点一次次失之交臂。而今天,他坐在一个陌生的女人对面,竟然轻轻松松没有任何障碍地就说出来了。

更准确地说宋平是在回忆。他又看见了那个被延绵起伏的沙漠包裹的村庄,还有几排灰蒙蒙的杨树以及被沙粒啃噬的庄稼。一个五六岁的男孩,光着圆圆的脑袋,穿着短裤和红色背心,手持一根红柳,在炙热无比的沙漠里飞奔着打娃娃蛇。那其实是蜥蜴的一种,孩子固执地叫它"娃娃蛇",因为它有着椭圆形的脑袋,略圆的眼睛,胖乎乎的身体。它被打中了,整个身体都弯成弓形,他又一柳条下去,它的嘴巴张成了圆圆的"O"形。他感到无趣,抬头望着那枚白色的太阳,天空没有一丝云彩,只有那枚泛着虚幻而孤独的光芒的太阳……

那是你的出生地吧?你是不是觉得你就像红柳下的那条娃娃蛇,无辜而又宿命,你后来所有的格格不入和孤独都来自那片沙漠……吕丽幽幽地说,长发遮去了她一半的脸,就像进入到某种梦境。宋平注视着吕丽恍惚的眼睛,突然有一种想哭的感觉。

他和吕丽的关系发展得极为迅速。他就像被一种类似命运的东西扼住了喉咙,变得热情而亢奋,坦诚而风趣。在和吕丽认识一个星期后的那个夜晚,他如愿以偿地和吕丽上了床,如一尾狂热的鱼游弋在一片新鲜而温暖的水域。当他们平静下来,他内心的急切与焦灼却一点都没有散去,好像占据吕丽的身体,只是一种约定俗成的仪式,好像只有这样,他才能继续对吕丽说点什么……

屏幕上的画面还在一张张滑动,宋平像被时间禁锢,丧失了对周围一切的感知。

当手机发出叮的一声,他的意识才苏醒过来。微信是宋瑞发来的,除了一个问号,什么也没有。宋平知道,他是来问父亲的消息。

半个月前,宋瑞突然给宋平打了一个电话,瞎扯了半天,也没有要挂断的意思。兄弟俩话一直很少,或许是由于过去共同的生活背景和遭遇让他们难以面对,总想刻意去回避什么。其实也不是,他们都是成年人了,早已在以后的岁月中进行了自我修复。宋平没想明白,估计宋瑞也没想明白,到底是什么让他们从来不像别人家的兄弟那样心无芥蒂,争吵打闹而又亲密无间。血缘对他们来说,只维系了一丝最基本的脸面与称谓。

宋瑞终于沉不住气了:他,最近怎么样,他不是也一直在省城吗?他,是宋瑞对父亲的习惯性称呼。

宋平说,其实我们一直都有联系,并且联系还比较紧密,他经常过来,对,到家里来,但半个月前,他就不来了,手机也打不通。

哦,是这样。其实他……也经常给我打电话的。宋瑞在电话里有些难堪地笑了。

开往塔克拉玛干的火车

宋平也笑了,透出心照不宣的味道。

如果有他的消息,请第一时间告诉我。宋瑞终于说道。

一定。宋平的语气一下子变得异常坚定。

宋平给他哥回了微信,又尝试着拨了拨父亲的电话,还是关机。

4

父亲离婚后,落得一身轻松。还有更轻松的,父亲的工作也长出翅膀扑棱一下飞走了。都被捉奸了,还怎么在教育系统干,还怎么为人师表。虽然父亲的朋友多,但在那个节骨眼上谁都爱莫能助。

这多少让父亲有些沮丧,他其实还是非常热爱自己的事业的。父亲在教书上算是独树一帜。别的教师都是教学生,他不,他教老师,准确地说教"小老师"。父亲是中学教师,教语文,也一直都教语文。每次新生入学前,父亲都要进行一次摸底考试。根据前五名的成绩,圈出五个小教师的苗子来。父亲往往从第五名开始,先让他讲第一篇课文。第五名同学一般都说不会讲。父亲说,不会讲所以让你讲,你就谈谈你对这篇课文的感受。那位同学被父亲逼着上了讲台,紧张加上害怕,讲得语无伦次。下面的同学都觉得新鲜、好玩、可笑,甚至还拍起了巴掌。父亲便换第四名上来讲。父亲给第四名打气说,语文其实没什么可讲的,我不需要你总结出这篇课文的中心思想,只需要讲出一个故事就好,只要沾点边的都算,不用紧张,更不用害怕,就当是玩。第四名果然放松了许多,就讲开了故事。五名学生讲完后,父亲心里便大致有个谱了,以后的课由谁主讲也定下来,其余的四名学生轮流副讲。当然,这一切安排都是灵活的,下面的学生有不服气也可以报名副讲,如果讲得好,还可以挑战主讲的位子。父亲只有一个要求,每篇课文都是一个故事,纵使讲不成故事的课文也得想办法弄成一个故事。

父亲的教学方式赢得了学生们的追捧,他们经过最初的胆小、怯场,都纷纷站到讲台上进行激烈的角逐。父亲的语文课也变成了故事的海洋。父亲一点也不愚蠢,更不任性,他知道教学大纲上要求的是规定动作。每天的故事会之余,他会拿出十五分钟时间,完成那些规定动作。当然,还是让主讲操持、分析那些语法及主谓宾。或许是由于主讲是从群众中来,到群众中去,和下面的学生产生了一种奇异的"同频共振",下面的学生们特别容易接受,也特别容易领悟。十五分钟当然是不够,父亲就让学生自己在下面自学,并成立互助组,用来解决那些规定动作。父亲威胁学生说,如果本班的成绩掉出了年级前三,他就会用一套死板生硬的教学方式来对待他们,就像别的老师那样。那可是酷刑哟,父亲又补充道。

因此,父亲的语文课,忙的是学生,一个个全神贯注、上下互动、斗志昂扬,一派青春沸腾的架势。父亲呢,坐在教室最后的一张椅子上,春夏呷着"铁观音",秋冬呷着"大红袍",不变的是嘴里叼着的"老刀"牌香烟,犹如一方闲士,吞云吐雾。下课了,父亲踱着慢悠悠的步子回到办公室,坐下来,还是抽烟、喝茶。

父亲的游手好闲引起了同办公室一个姓张的老师的愤慨。他对教学有一种宗教般的虔诚,认真写教案,背教案,课堂上的四十五分钟占得满满当当,哪怕一秒都不会放过,挤出来的全是干货,

开往塔克拉玛干的火车

还总拖堂。学生们就像笼子里的一群填鸭,只管张嘴就行。更要命的是他和父亲同岁,可由于过分操劳,一脸菜色,顶也谢了一半,剩下的,也是白毛压过黑毛,并且还有严重的咽炎,肺也不好。而父亲呢,仍然是唇红齿白,汪着一脸的油光,玉树临风,倜傥得一塌糊涂。没有对比就没有伤害。虽然父亲平时和他处得也好,他也很喜欢父亲的幽默、风趣,但在大是大非面前,他还是拿出了自己的态度,维护所谓教学的严肃性,去找了校长。他的理由很简单,也很充分,教师要尽教师的本分,如果学生能够教学生,那要我们老师干啥。

　　父亲和校长的关系好。校长给张老师倒了一杯茶,打着哈哈说,俗话说得好,黑猫白猫,抓住老鼠就是好猫。宋老师的教学成绩哪年掉出过年级前三?张老师,要是我没记错,有一年你的教学成绩还在全年级垫底呢。张老师急了,那能怨我吗?那是全年级最差的班,并且我是中途接手的。校长说,什么事情都是这样,要想鸡蛋里挑骨头都能找得出理来,最重要的是信任,当初让你接那个班,就是对你教学能力的认可和信任,精兵强将上火线嘛,至于结果,谁追究过你张老师,谁又怀疑过你的能力呢……

　　张老师从校长办公室出来,越想越气,一咬牙去找了校长的对头——书记。让张老师没想到的是,父亲和校长的对头书记也说得来。书记水都没有给张老师倒一口,只黑着脸质问父亲是不是得罪了他张老师。张老师说,没有,相反他觉得父亲这个人还是挺有意思的,说话、做事不按常理出牌。书记火了,把桌子一拍说,张老师,这就是你的不对了,还真是知识分子的臭毛病,见不得别人的好,看见别人比自己强,就像嘴里掉进了蛆,现在什么都在讲团结,讲大局,你也好好想想……这可是品质问题。书记又重重地说了一句。

张老师百口莫辩,从书记办公室出来,两眼一阵阵发黑,肺部也隐隐作痛,他弯下腰,一阵剧烈的咳嗽,差点呕出一口血来。更让张老师吐血的是,那年县城一下子飞出了两只金凤凰,一个北大,一个清华,都是父亲教过的。教育局让两个文理科状元在县一中进行宣讲。两个状元在宣讲过程中都没有提到毕业班的老师,纵使整个高中部,也没有提到任何一位,只说起了初中部任教的父亲。两位状元谈到父亲,双眼发亮,充满深情,说父亲不仅培养了他们的想象力、主动学习的能力与口才,更为他们打开了一扇门,那里通向一个全新的世界,里面有自信、勇气与希望……两位状元滔滔不绝,妙语连珠,气吞山河,赢得场下一阵阵热烈的掌声。父亲当时就在场下,坐得不端正,笑得飘飘然。

宣讲完了,理应校长总结,但今天轮不到他。市里教育局的一位副局长刚好来县里调研,校长把话筒毕恭毕敬地递给了那位三十五岁左右的女副局长。女副局长让父亲上到主席台来,她想认识一下。父亲就一摇三晃地上了主席台。女副局长伸出葱白似的手和父亲握了一下,然后回到主席台中央开始了激励人心的演说。父亲就站在那里,望着副局长,目光就像一截饿狗的舌头,从那张白皙姣好的脸庞向下舔去……

父亲的风光令张老师倍受打击。张老师郁闷得厉害,甚至开始怀疑人生。眼不见为净,他联系了邻县的一所学校。可他刚调到那所学校,就听说父亲调到市里的中学去了。他不信,打了一个电话给过去的同事。那位同事说千真万确。张老师放下电话,一

开往塔克拉玛干的火车

口黑血就吐了出来……

被迫告别了近二十年教师生涯后,父亲先后在两家国企的市场部待过。当然,还是父亲的朋友帮的忙。这也是父亲最得意的地方。但每次父亲都干不长,顶多一年。父亲最后任职的是一家私人公司,那位老总视父亲为知己,让父亲当副总,掌管公司的财权与人事权。父亲管得一塌糊涂,纵使这样,那位老总仍然对父亲器重得很,只是另给他配了两个副手。但父亲不干了,他对老总说,咱俩朋友是朋友,生意归生意,既然我不是当副总的料,就好合好散。老总再三挽留不住,只好作罢,给了父亲一笔钱,说是年底的分红。

从那家公司出来,父亲也算是看清了。社会变了,物质了,人都掉钱眼里了,关照他的老总像是凤毛麟角。父亲也开始与时俱进,开了一家皮包公司,美其名曰:伯乐文化公司。文化是什么,看不见,摸不着,落到实处就是父亲的一张嘴,就是什么都可以做,什么都能谈。为了生计,父亲开始了行骗生涯。

父亲最初的公司开在市里,骗的也几乎都是市里的人,随着父亲在市里的臭名昭著,父亲有了底气,把公司开到了省城。宋平是在省城读的大学,经济专业,毕业后,分到了发改委。发改委是政府的要害部门,如章鱼般伸出很多触角,其中之一,便是同众多企业和生意人打交道。工作不到半年,一次生意人的饭局上,那帮人说起圈内的奇人轶事,就说到了父亲。一老板感慨地说,那可不是一般的骗子啊,能把死的说成活的,纵使把你卖了,你还帮他数钱呢。另一老板说,看样子你和他打过交道。被骗了多少?那老板有些尴尬地笑了,说,不多,不过倒挺有意思。什么叫有意思?第三个老板充满好奇。那老板笑着的眼里有一种异样的东西跳动,不说了,来,喝酒。宋平也端起了酒杯,没人注意到他的脸红是因为酒精,还是出于羞愤,自从父亲和母亲离婚后,他就把父亲两个字从自己人生的字典里抠掉了,但此刻,他还是感到难堪。

5

宋平刚抽完一支烟,李秀娟就打来了电话。在美国的李秀娟刚刚起床。宋平知道李秀娟是问父亲的情况,更知道自从李秀娟去美国后,最大的乐趣就是给父亲打电话排遣孤独和寂寞。

宋平四十岁后,和李秀娟的性事少得可怜,去美国的前一年,两人正式分床。分床的结果就是两人之间的性事彻底断绝。开始宋平只以为这是他个人家庭的特殊性,但在一次大学同学聚会上,几个没有离婚的男同学发出的感慨竟然和他有惊人的相似,他这才意识到这是中国家庭的普遍性,激情殆尽,相爱相杀,无话可说。

有时,宋平坐在沙发上看着李秀娟脸上的漠然与疲倦,觉得她是那样陌生,就像从来就没有和她亲近过,甚至从未爱过。当然他也知道,在李秀娟的眼里,他也同样的不堪和陌生。时间带走了最初的浪漫和回忆,留下的只是一片苦楚。

宋平说父亲的电话还是打不通,还是没有他的消息。李秀娟在那边发出一声长长的叹息。说完父亲,两人都再没有说话的兴趣,宋平没问她在那边怎么样,那是废话,如果真有什么,李秀娟会主动告诉他。李秀娟也没问他在公司怎么样,如果真出现大的问题,他也会直言。两人沉默了一会,便不约而同挂断了电话。挂完

开往塔克拉玛干的火车

电话,宋平并没有觉得有什么不妥,他知道李秀娟更不会多想。他们都不再虚情假意,只是做真实的自己,甚至毫不掩饰对彼此的厌倦。或许正是这份真实,这份自然,让他们觉得不出大的问题,还能再过一辈子,就像在婚姻中,性从来都不是最重要的。

能挑起他们共同兴趣与话题的,或许只剩下父亲。

6

父亲和宋平重新有了联系是在宋平不惑之年。

那天,宋平正过生日。他一般不过生日,但李秀娟说毕竟四十岁了,怎么着都得搞个仪式。宋平无法拒绝她的好意,就过。李秀娟订了一家不错的餐厅,还请了一些朋友。都是她这边的朋友。宋平没叫,不是宋平没朋友,而是像这种聚会,他觉得叫谁都有点不太合适。生日过得怪异。李秀娟忙,忙着招呼朋友,而他,就像一块悬吊起来的羊头,感到了失落。

正不自在的时候,手机响了。他掏出来一看,是个陌生号码。按照经验,这一般都是诈骗电话。放在平常他不会接,但由于此刻他被喧嚣中的孤独占领,便接了。

还真是骗子。父亲的声音在耳边响起时。宋平的脑子一阵嗡响,自从母亲和父亲离婚后,父亲就像断了线的风筝,从他们的生活中彻底消失,再也没有来打扰过他们。就像父亲是个识趣的人,知道宋平兄弟和母亲对他的仇恨。如果说,母亲对他的怨恨多少还有点自找的成分,比如,她当初如果不接受父亲,不和父亲结婚,估计就没后面那些闹心的事。而宋平兄弟俩呢,他们招谁惹谁了,就因为一条谁也说不清的血脉关系，就成了彻彻底底的无辜受害者。

父亲的声音没变，陌生而又熟悉。父亲祝他生日快乐。宋平弄不清父亲怎么会知道他的电话号码，更匪夷所思的是竟然还记得他的生日。放在过去，宋平的牙会咬得直响，干脆利落地挂断电话。但现在的宋平毕竟四十岁了，成熟了，也圆滑了。

你，还好吧？宋平终于迟疑着说。

宋平的态度让那边的父亲兴奋起来，他说他还好，这是他的联系方式，有事就打电话。父亲说完，就挂断了电话。宋平不禁恼怒起来，如同新仇与旧恨一起涌上了心头，他把父亲的通话记录删除了。

有了这次铺垫，一个星期后父亲就来找他了。父亲没有给他打电话，而是直接摸上了门。父亲是下午来的，那天李秀娟正好轮休。李秀娟给宋平打电话时，压抑不住的激动。宋平很能理解她的激动，她没见过父亲，结婚时，父亲都没有来。她和宋平从谈对象起，就对父亲充满好奇。因为他从来不谈论自己的父亲。问题是他越不说，她就越好奇。她甚至问到了宋平母亲那里。很默契的，宋平母亲也不说。一次李秀娟彻底爆发了，问他还当不当她是他女朋友，难道他父亲是杀人犯。宋平只好说了，他说得简单：父亲就是一个骗子，失踪了。

宋平在电话对她说，别理他，更别让他进门，我说过，他就是一个骗子。宋平在电话里烦躁的情绪让李秀娟明白了什么，她笑着挂断了电话。和宋平预想的一样，他下班回家后，果然看见父亲坐在自家的沙发上，跷着二郎腿，抽着烟，正和老婆说着什么。让宋

开往塔克拉玛干的火车

平惊愕的是父亲并不见老,起码比他想象中的年轻。宋平愣了,难道他在记忆中一直凭借着或浓或淡的恨维系着对父亲的所有想象?

看见宋平,父亲连屁股都没有抬,只是说了声你回来了。父亲随意的语气让宋平脑子发蒙,好像父亲从来就住在他们家里。李秀娟从父亲对面的沙发上转过身来。不用说,她和父亲聊得极开心,脸上挂着一层白荧荧的光,纵使和宋平热恋时也没有过这种光彩。宋平一下子五味杂陈。

李秀娟提议去外面吃饭,毕竟是第一次见到公公。父亲不愿意,说他就想尝尝儿媳的手艺。李秀娟眼睛一亮说,那你们父子聊,我这就去做饭。

客厅里只剩下父子俩。宋平低头抽烟,一时不知道该说些什么才好。父亲毫不客气地打开了话匣子,说的都是宋平小时候的事。

你小时候调皮得很,也大胆得很。那时沙漠里狼多,咱家鸡窝旁就夹了一只狼,那只被夹住后腿的狼,呲着炫目的白牙,要多吓人就有多吓人,就你不怕,非说是狗,还要上去摸,要不是老子一把拽住你,你脖子都要被咬断……

小时候的很多事,宋平都忘记了,经父亲这么一说,如同深海沉船浮出水面。宋平有些感慨,但更让他感慨的是父亲对他的粗暴。正因为他的调皮,他挨的树条子几乎是他哥的两倍。父亲还喜欢上脚,稍看他不顺眼,上来就是一脚,然后是罚跪,接着就是不准吃饭。父亲还在继续说,宋平的脸却越拉越紧,嘴角抽出嘶嘶冷笑。父亲只当没看见,唾沫星子横飞。唯一让宋平困惑的,是父亲怎么会如此清晰地记得他的童年。

饭好了,三荤两素一汤,当然少不了那道红烧鱼。李秀娟烧红烧鱼是一绝,这是宋平最初对她手艺的评价。李秀娟每次改善伙食都要做红烧鱼,遇见节假日更要做红烧鱼。如今算来,这道菜李秀娟做了差不多十来年,而宋平的口味在这十几年里早已有了质的变化。但他无法和她交流,每次只能硬着头皮去戳那已经索然无味的红烧鱼。

今天父亲无疑解救了他。除了宋平象征性地动了一下筷子,整条鱼都被父亲消灭殆尽,包括从来没有人吃的鱼头,父亲啃巴出鱼脑子才算彻底罢休。好吃,真的好吃。父亲由于吃得尽兴,甚至爆了粗口。李秀娟一点没注意到宋平脸上的厌恶,相反也跟着兴奋起来:看样子父子就是父子,血缘还真是个奇妙的东西啊……父亲哈哈大笑起来。

一个星期后的周末,父亲又登门了。是李秀娟一大早主动打的电话,还说要给他做红烧鱼。父亲在那边高兴得很,说十一点前一定赶到。打完电话李秀娟让宋平把房子收拾一下,她要赶到菜市场去买鱼。宋平说,你起码先和我商量一下再给他打电话吧?李秀娟反问他,难道叫你父亲来吃饭还要先给你汇报一下吗?宋平被问住了。李秀娟狠狠地白了他一眼,去换睡衣。她从卧室出来,宋平说,他刚接到单位的电话,要去加班。李秀娟一点都没有怀疑,宽慰他,放心,有我呢。

宋平是下午四五点回到家的,他估摸着这时候父亲无论如何应该走了。他打开门,不由暗骂自己,就是在楼下先打个电话也是可以的。父亲竟然还在。让宋平愤怒的是,父亲没有一点公公的

开往塔克拉玛干的火车

样子,整个人歪倒在长沙发上,手里的烟就像一支指挥棒在空中挥舞,烟灰随意飘散,嘴里更是喋喋不休。而李秀娟呢,整个身体都靠在对面的沙发上,为了能够更放松,一只脚竟然放在了沙发中间的玻璃长几上。看见宋平,父亲住了嘴,目光里有了一丝嘲讽,好像看透了宋平的想法。父亲得意洋洋地问,回来了?李秀娟压根没有意识到自己的不雅,一偏头对着宋平傻乎乎地笑着说,爸吃了饭就想走,我留下他聊天,没想一聊就聊到现在。李秀娟有午睡的习惯,几乎雷打不动。看样子父亲忽悠人的本领已达到出神入化的境界。宋平坐在父亲对面另一只沙发上,点燃一支烟,阴沉着脸。他的态度让父亲有所收敛,父亲坐了起来,突然打了一个嗝,一股红烧鱼的味道。宋平的胃一阵痉挛,差点把中午的肉丝面呕了出来。

　　父亲走了以后,李秀娟的话题还是父亲。宋平讥讽道,你是不是觉得这世界可能再没有比宋江更有意思的人了,天南海北,上天入地,无所不知,无所不晓,他还特别的贴心,就像你肚子里的蛔虫,你在想什么,他都知道,估计还不是蛔虫这么简单,因为他还有预见性,总的来说,怎么看他都不太像个人类……

　　李秀娟"咦"了一声说,你怎么知道,接着便是恍然大悟的表情:看样子父子就是父子呀,知子莫若父,当然,知父也莫若子呀,不过,你的总结有点偏激了,咱爸像个神人,不对,咱爸像个转世的灵童,噢,对,就是一个透着活泼劲的灵童。李秀娟的脸一下子涨得通红,她能为自己想出这么个比喻激动得浑身发颤。

　　宋平目瞪口呆地望着李秀娟,再次感觉到父亲的神奇。她不过和父亲见了两面,就完全站在父亲那边,被彻底洗脑了。他知道再说什么都是无益,都是徒劳,只会引起她更大的反感,只好苦笑一声说,那你就好好供奉你的灵童吧,不过提醒你一点,宋江是个无利不起早的人,你要小心你兜里的钱!

由于打破了午睡的习惯,到了凌晨一点李秀娟还在烙烧饼。她推了推似睡非睡的宋平说,有一点我死活想不明白,明明是父子,为什么会有那么大的差别,别的不说,就说一点,咱爸那性情透着一股子见底的畅亮与欢快,而你呢,如同一块朽掉的木头,要么沉默不语,要么唉声叹气。宋平已经恼怒到极点,但脑子却极为清醒地压抑住,只是冰冷地说,只因为一点,他的潇洒与快活是建立在他这个做儿子的屈辱与痛苦之上的。

7

真让宋平说对了,父亲和宋平建立上联系的一个月后,就轻轻松松地骗走了一万块。那天,李秀娟刚好又是轮休,还是她主动给父亲打的电话,让他回家来吃饭。父亲来了,李秀娟还没来得及做鱼,父亲就接了一个电话,一个朋友得了急症,就在附近的附二医院里,医生要见钱才动刀,父亲说他身上没带现金,卡也忘了装,就问李秀娟家里有没有现钱。李秀娟也急了,说救命如救火,家里就有一万块,不知够不够。父亲说差不多吧,装上钱就走了。

宋平回到家,李秀娟就把这事说给了他。宋平一阵冷笑。他下了楼,坐在楼下的草坪给父亲打电话。宋平单刀直入地问,要是我没猜错的话,你压根就没有什么朋友得急症对吗?父亲笑嘻嘻地说,儿子,恭喜你答对了,加十分,不过嘛……我这是为你着想,

开往塔克拉玛干的火车

是为你在这个家里树立权威。

什么意思？宋平有些糊涂了。

你不是在你老婆面前说我是一个彻头彻尾的骗子吗？我只有配合你才对吧，谁让你是我的儿子，还有什么比一个人的见识与判断的准确更让人有成就感吗？再说，如果我真是一个骗子，和你打了一个多月的交道，却颗粒无收也是说不过去的嘛……

虎毒还不食子呢，父亲竟然骗到了他这个儿子身上。宋平把手机狠狠地摔在草坪上。手机摔出去后，宋平才意识到那是只新手机，四千多块，他把手机从草坪上捡起来，幸好草坪的草厚，一切正常。他不由暗自庆幸，否则算是亏到姥姥家了。

几天后，父亲又大摇大摆地来了。还是李秀娟主动邀请的，给父亲打电话她说，那天父亲走得急，没能吃上红烧鱼，她一直惦念着呢。宋平呢，为了保险起见，那天干脆请了假，他生怕自己不在，父亲又出什么幺蛾子，把李秀娟骗得连北都找不到。父亲进了门，看见宋平像钉子似的钉在沙发上，流露出大失所望的神情。他垂头丧气地坐在了宋平对面的长沙发上。由于李秀娟要做饭，客厅里就剩下宋平和父亲两人。毕竟是父子，知根知底，估计父亲说什么宋平都不会信，都会有强烈的抵触情绪。父亲干脆不说话，只是抽烟，抽完一支烟后，歪倒在沙发上，扯起呼来。他，竟然睡着了。

父亲一觉起来，饭也刚好端上桌。看到餐桌上那盘红烧鱼，父亲的心情顿时好了起来，他二话不说，抄起筷子就开始对付那盘红烧鱼。饭后，父亲就要走。李秀娟留父亲喝茶。父亲就把一杯铁观音喝得有滋有味。宋平从不喝铁观音，他只喝普洱，生普与熟普倒着喝，他觉得铁观音的香气过于轻浮，就像一个可以随时和男人

失踪的父亲

上床的女人。不用说,这又是李秀娟专门给父亲备的,因为老婆什么茶都不爱喝,只喝白开水。

李秀娟拿出一张卡递给父亲,这里面有两万块,可以备个急。父亲盯着那张卡,眼睛里闪烁出宋平再熟悉不过的那种光,就像一只狗看到了肉骨头。父亲又突然意识到什么,目光落在了宋平脸上。宋平一张脸黑着,脑门处的青筋也暴突着。他愤怒地望着李秀娟,喘着粗气。宋平和李秀娟有过约定,家里超过两万块的事就要一起商量着决定。但今天她完全把这档子事忘了。李秀娟也正平静看着宋平,但那平静的表面下还有一种东西在支撑着她,如隐于水面的暗礁,宋平感觉到了,他不好发作。

老辣的父亲立马捕捉到了夫妻间那种奇怪的对峙,他把伸出一半的手向空中甩了甩,他说,算了,心意领了,我还不缺钱。父亲说完,转身就走,生怕自己反悔似的。

宋平在楼下追上了父亲。宋江,宋平恶狠狠地喊。父亲站住了,转过身还是一张笑嘻嘻的脸。宋平讥讽着说,到手的钱都不要,这好像不是你的风格嘛。父亲毫不示弱,一脸鄙夷地说,这怎么可能是我的风格,就像你说的,我是一个骗子,这白送的钱,连一点技术含量都没有,我怎么能要?父亲说完,扬长而去。

宋平上楼后,气急败坏地对李秀娟说,他根本没有朋友得什么急症。李秀娟平静地说,我知道。宋平愣了,朝她吼:你既然知道,为什么还要给他一万块?为什么事先不征求我的意见,今天又拿出两万块的卡?

够了!李秀娟的声音一下了高了两个八度:宋平,我告诉你,不管你父亲以前对你做过什么,也不管你对你父亲有多大成见,他

开往塔克拉玛干的火车

毕竟是你父亲！李秀娟的义正词严让宋平傻掉了，就像太阳从西边升起，像整个世界彻底颠倒，他感到自己陷入了巨大的荒谬与虚无。他的胃突然开始痉挛，他不由自主地蹲在地上，发出一声痛苦的呻吟……

8

手机发出叮的一声。宋平打开微信，是杨柳青：怎么不见你来用早餐？

宋平：不饿。

杨柳青：需要给你带点吃的吗？鸡蛋？酸奶？什么都不吃可不好。

宋平：真不用，谢谢。

杨柳青给他发了个委屈的表情。宋平想了想，回了一朵玫瑰。杨柳青不再有任何回应，宋平长吁了一口气。

杨柳青是这次谈判的乙方代表之一，在谈判过程中尽显职场女性的干练，专业知识渊博，思维敏捷，尤其在关键数据上有理有据，从容不迫。不过杨柳青再优秀，也是被动的一方，宋平他们作为甲方代表，与同类公司相比在核心技术上优势明显。谈判已经进行了两天，双方都有些精疲力竭，耐心耗尽在即，乙方便提出休息一天半，顺便带他们到附近转转。宋平这边没有任何问题，毕竟他们是受邀请方，再说初步意向已经达成，总公司给的标底完全不成问题，剩下的进可攻退可守。

由于休战，昨晚不再是工作餐，而是杨柳青代表他们公司请客,上了酒,由于宋平一行三人都是男士,杨柳青还叫了公司两位女职员陪酒。一开席,宋平便摆开严防死守的架势,坚决不喝白酒。杨柳青含笑带怨地说,宋总,你不给我们公司面子,起码得给我这个小女子一点面子吧。宋平说他真不能喝白酒,酒精过敏。副总张磊替宋平解围说,杨经理,你可不是小女子呀,我们已经见识过了,简直比三条壮汉还要厉害,这样吧,宋总的酒我替他喝。杨柳青不好再说什么,让服务员给宋平上了红酒。

杨柳青其实不善饮酒,三杯白酒下去,一张俏丽的脸便艳若桃花。但她拿出一副舍命陪君子的诚意,又给自己满上。她手下那两个女职员更是当仁不让,频频给张磊和技术经理小陈敬酒。那两个女职员青春靓丽,衣着暴露,半个雪白的胸脯晃得人睁不开眼,被她们的热情如火催得兴起。张磊和小陈把敬酒一杯杯喝了下去。

酒确实是个魔鬼,张磊喝多了。这两天在谈判时,作为宋平的副手,张磊表现得还中规中矩。但此刻在酒桌上,张磊失态了,话大得不行,借着醉意没把宋平放在眼里。宋平一副宽容与大度的姿态,就像在说,酒喝多了,希望大家可以理解。当然,他也知道酒是喝不多的,暴露出来的不过是一直刻意隐藏的部分罢了。他心里交织着愠怒与尴尬,感到了一丝无奈。

宋平刚到分公司当老总的头三年,还是志得意满的。总公司的老总把他从机关里挖来的,对他非常器重与信赖。让他没想到的是,两年前,总公司由于新的资金注入,改组上市了,虽然规模更大了,但老总变成了副总。新上任的老总头半年,还是一副和蔼可亲的嘴脸,对老员工及分公司经理都加了薪,并给了若干股份。但

开往塔克拉玛干的火车

一年下来,人事不知不觉便做了调整,用的当然都是他自己的人,前任老总的人都到了不那么重要的岗位上。像宋平这样没动的人,只是少数几个。宋平当然知道,他之所以没动是由于他们分公司的业绩在各个分公司中最好。纵使如此,老总对他也没有完全放心,今年年初从总公司调来张磊给宋平当副手。说是副手,就像一把利剑横在他颈后。好在,张磊也是个知好歹的人,平时惟宋平马首是瞻,一直维护着他的绝对权威。

小陈也喝多了,竟然附和着张磊,为了拍张磊的马屁,还把张磊手中的酒夺过来一饮而尽。张磊先是一愣,然后哈哈大笑起来。宋平心里的怒火有些压不住了,为了掩饰,他低下头吃菜。宋平刚到分公司时,小陈还只是一个技术骨干,是他一手提拔小陈当的技术部经理。他之所以看中小陈,也是因为小陈的聪明能干,现在看来,小陈比他想象的还要聪明,早已经嗅出了公司里看不见的硝烟,为自己的前程开始铺路。宋平又有些感慨,他本以为从机关里出来,人事会变得单纯些,但没想到还是一样的结局。

场面有点失控,但也正是气氛热烈的一种表现。杨柳青感觉到什么,她端起酒杯过来给宋平敬酒,不动声色地把话说得暖心:我喝完,你随意。宋平望着杨柳青那双意味深长的眼睛,突然意识到这是个冰雪聪明的女人。

结束后,杨柳青请大家去酒店三楼的KTV嗨歌。那两个女孩把张磊和小陈往电梯里架。张磊和小陈仗借着醉意,把手臂搭在她们闪着白光的肩膀上,如同两只被牵住缰绳的牛,迈着迟缓而踉跄的步伐。清醒的只有宋平一人,他推说自己身体不舒服,就不去了。杨柳青失望地说,宋总,你这就不够意思啦,我还想和你合唱

《心雨》呢。宋平微微一笑说，改天，等谈判结束了，我一定和你合唱《心雨》。宋平的话耐人寻味，杨柳青假装听不懂，只说好，那我就等着。

回房间后，宋平的手机源源不断地收到杨柳青从微信发来的一些段子，个别段子还有些隐晦的色情。宋平承认杨柳青暧昧得进退自如，更能自圆其说。她喝多了，是当不了真的。宋平不回也不好，回也难堪，只好在每个段子发来后回上一张笑脸，直至自己都觉得那一张张笑脸越来越僵硬，也越来越无趣。

晚上十一点多，杨柳青发来一个大胆的微信，问能否到他房里来喝杯茶。宋平的心扑通跳了一下，如果真让她来"喝茶"，那么后天下午的谈判只能让杨柳青牵着鼻子走了。宋平在微信里回复：已睡，明天可否。杨柳青这才消停下来。

9

父亲重新出现在宋平生活中的几个月后，就对宋平重大的人生抉择产生了扭转性的影响。

因为工作关系宋平和一家高科技公司有了交道，那家公司以做人工智能为主，总部设在北京，本省城也有分公司。由于分公司老总迟迟打不开局面，总公司老总便亲自出马。朋友从中牵线搭桥，他们便坐在了一起。看完老总提供的资料，宋平非常感兴趣，资料中介绍的大致是他们公司提供的核心技术，通过高清摄像头成像、大数据分析，不但为城市的安全保卫提供了数据保障，还可以为路政提供有效信息。但宋平只是淡淡地对老总说试试看。回

开往塔克拉玛干的火车

去后,宋平便向主任作了汇报。主任非常重视,组织了相关部门的专家进行考察。经过一个多月的论证,那家公司的技术确实可靠,可行,就签了正式合同。合同拍板当天,老总对宋平感激得不行,非要请他吃饭,被宋平婉谢了。

项目实施后的两个月,老总又来找宋平,聘请宋平出任本省分公司的老总,待遇诱人。老总开门见山地说他之所以请宋平,就是觉得宋平做事沉稳可靠,还有一点就是,宋平在本省有着得天独厚的人脉。老总的坦率与真诚让宋平非常感动。老总还说,谁都知道机关单位是个煎熬人的地方,更是一个压制人的地方,为什么不换个活法呢……

这些的话点到了宋平的痛处。在机关十几年,由于没有背景,处处谨小慎微,哪尊佛都得点火上香,无可奈何地见风使舵、小心翼翼,宋平才混到副处的位置。很多次,他都感到心力交瘁。才刚过四十,就一脸老相,看着镜子里那个神情黯淡、毛发稀疏的陌生人,悲哀一次次席卷心头。

谁不想过自由自在、充满成就与尊严的生活,眼下老总就给宋平描绘了一张蓝图。再说,干上个五六年差不多就是他后半生所有收入的总和。宋平心里一下子升起一种前所未有的憧憬,就像是对过去异化生活的控诉,他把辞职报告放到了主任的办公桌上。

主任拿起来一看,简直不敢相信自己的眼睛。退一万步说,他这个主任辞职了,宋平都不应该辞职。除了工作上踏实可靠,宋平最大的优点是懂规矩。宋平在单位不光保守单位的秘密,更保守领导上不得台面与私人生活的秘密。关于领导的谣言,更是不信、不传,哪个领导用起来都得心应手,对他的印象都是业务上过硬,

失踪的父亲

政治上可靠。对待下属,也是宽容、随和,从不作威作福。经过十几年的锻造,宋平如同一枚质地优良的精密零件,完美与机关单位那台隆隆作响的机器匹配,一切是那么的严丝合缝。

你,你到底,到底是怎么想的?一向沉稳的主任坐不住了。

也没怎么想,就是想换种活法,想透一口气。

宋平说完立马意识到不妥,什么叫"想透一口气"?这不是变相批评单位的气氛压抑、窒息、不正常吗?他怎么会犯这么低级的错误,还是当着主要领导的面。看样子人是不能翘尾巴的,这不,立刻就露出了马脚。宋平心里充满了懊悔,虽然已经决定要离开,但额头上还是沁出了一丝冷汗。

主任当然从宋平的话中品出了什么,他的脸色一下子有些愠怒,他还是器重宋平的,没有发作,只语重心长地说,小宋啊,你还年轻,有想法是正常的,但单位就是单位,规矩多,人就累,这也是没有办法的事,但人要往深远看,你现在是副处,前途光明着呢啊,这样,辞职报告先放我这里,你再想想,回头我再找人和你谈谈。

来找宋平谈的人可不只是主任派来的两位副主任。这毕竟是部门一个处级的位置,各怀想法的人都来找宋平,展开各种方式谈,有真心想留下宋平的,也有明留暗拒的,旗帜鲜明支持宋平走的还把单位说得一塌糊涂。宋平只是听着,笑一笑,不发表任何意见。

李秀娟这边对宋平没有和她商量就递了辞职报告更是愁眉不展。宋平满不在意地说,我这不是在和你说,领导不是也没有批嘛。李秀娟顾不上和宋平计较这些,开始给宋平摆事实讲道理。宋平听得倒是认真,毕竟他的决定会影响到这个家庭。李秀娟说

113

开往塔克拉玛干的火车

得嗓子冒烟才住了嘴，一口气连喝了两杯白开水。宋平表情凝重地说，知道了。

虽然宋平没有表明自己的态度，但李秀娟和单位的一些同事形成了一股合力，并且这股合力一天比一天壮大。像辞职这种事就得快刀斩乱麻，来不得半点含糊。一缓，难免有些犹疑，毕竟在单位干了十几年，付出了那么多，好不容易才混上副处的位置，虽说在单位压抑、不自由，但那是体制问题，总的来说，他现在也算是有一定地位的人，如果他真辞职了，就什么都不是了，现在公司多如牛毛，那些辉煌一时的公司，还不是说倒下就倒下了。谁能保证这家公司能连续辉煌，谁又能真正看清它的前景。到那时，可就没有什么体制来保护他了。再说，他过了四十了，少了野心，更少了竞争力……老总给他描绘的光明蓝图变得黯淡了。宋平当然也意识到自己的犹豫，自己骨子里还是一个优柔寡断的人。

李秀娟对宋平的沉默大为光火，除了继续做宋平的思想工作，在日常生活中也给宋平施压——不再做饭，甚至不再收拾房子。李秀娟连续罢了三天工后，突然想到了父亲。她给父亲打电话提到了宋平要辞职的事，让父亲第二天无论如何到家里来一趟，好好劝劝宋平。父亲在电话里满口答应，说这是他分内的事。

第二天是星期天，宋平和李秀娟都休息。李秀娟一大早就开始收拾房子，然后去买菜。宋平觉得有些意外，难道她想通了，由着他了？李秀娟买完菜回来，水都没有来得及喝一口，敲门声就响了。李秀娟把门打开，热情地给父亲拿拖鞋，脸上也有了难得的笑容。

父亲坐下，点了支烟，悠闲自得地吐出一串淡蓝色的烟圈。李秀娟照例给父亲泡了杯铁观音，开始了控诉。李秀娟越说越急，脸涨得通红。父亲示意她不要急，多大点事，慢慢说。李秀娟放慢了语速，终于说完了。

父亲把第二支烟丢在烟灰缸里，任由烟雾缭绕，他端起铁观音一口口呷。宋平脸上挂着冷笑，用余光扫视着父亲。他注意到，父亲自从进门后就没有看他一眼，好像宋平如一团空气般不存在。

父亲把一杯茶喝完，气色显得更加润泽，他对着李秀娟说，秀娟，你放一百个心好了，我儿子，我了解，他就是个缺乏果敢的人，犹犹豫豫，拖泥带水，他要真有这魄力，我把头割下来给他当球踢……

宋平觉得天旋地转，眼前一阵阵发黑，身体里的每一块骨头、每一处流动着的血液甚至每一个细胞都在燃烧……没有比父亲更恶毒和冷酷的人了，父亲把他的尊严、人格如同蝼蚁放到脚下随意践踏，轻松碾碎。他对父亲的恨——纵使这几十年来所有的仇恨加在一块，都没有这一刻来得强烈、迅猛。他对父亲恨之入骨。

李秀娟一点也没有觉得父亲的话对宋平是一种巨大的侮辱，她放心了，给父亲续了水，到厨房做饭去了。客厅里只剩下宋平和父亲。宋平怒视着父亲。父亲似浑然不觉，喝茶。不看他，仍旧当他不存在。

就像是对父亲最坚决的反击，第二天一早，宋平就把新的辞职报告交到了主任手里。宋平站在那里，眼里是一种决绝的光，浑身都在不由自主地抖。主任注意到了宋平身上的凛凛之气，他不再说什么，在报告上签了字。

整个白天，宋平都陷入一种难以抵制的狂想，如果父亲知道他

开往塔克拉玛干的火车

真辞职了,下巴会不会惊掉,会不会对他不负责任的评判感到羞愧难当,会不会觉得这是儿子对他的无敌与自私举起的巴掌……

下班回家的路上,宋平对父亲的恨才稍微弱化了一些,但一些别的东西浮了上来,他感到了虚弱,那是对未知前景的一种担忧。他这才意识到今天的自己有点感情用事,被父亲活生生地逼成了另一个人。

宋平身心俱疲地打开房门,眼前一花,看到父亲和李秀娟坐在沙发上。他再一看,李秀娟一脸平静,而父亲一脸惬意。宋平糊涂了,他要是没记错的话,李秀娟今天出差,下午三点的飞机。

李秀娟看一眼宋平的表情就明白了,但她还是问了一句:辞了?宋平愣了,但还是嘟哝了一句说上面批了。她把脸扭向父亲说,爸,还真让你说着了,你都快赶上算命大师了呀。父亲不高兴了,沉着脸说,什么叫"赶上",十个算命大师都不及我一个。李秀娟赶紧附和着说,就是,就咱爸最能。父亲这才重又露出满意的笑容。

宋平对李秀娟说,你今天不是出差吗?李秀娟说,是呀,但咱爸上午给我打了个电话,说你今天一定会辞职,并且做了我半天思想工作,现在我也想通了,辞了也就辞了,也没什么大不了的,你觉得好就行。宋平充满厌恶地扫了父亲一眼,但还是觉得惊讶,父亲不过用了半天时间就能让李秀娟回心转意,这翻手为云覆手为雨的本事估计再难找出第二个。面对宋平嫌恶的目光,父亲明显有些心虚,他对着宋平嬉皮笑脸地说,今晚我请客,海鲜城。宋平一口拒绝,但他脑子与体力明显不够用,最终还是被李秀娟硬拉扯去了。

失踪的父亲

父亲摆出一副放血的姿态,点了鲍鱼、大闸蟹,就像要拿出满满的诚意来抚慰宋平。菜上来后,宋平也不客气,埋头就吃,吃得咬牙切齿。父亲端起一杯红酒要和宋平碰杯,宋平不动,只是阴冷地盯着面前的那杯红酒。

父亲笑嘻嘻地说,儿子,我向你道歉,但话说回来了,我如果不说那么恶毒,你不会辞职的。宋平这才彻底回过味来,父亲那临门一脚可是又狠又准啊,他讥讽地说,看样子我应该感谢你才对?父亲摆摆手说,感谢有个什么劲,不如恨带劲,更不如骗子实在。

宋平有些恼羞成怒,父亲把他的心态拿捏得分毫不差。

父亲把杯中的红酒一饮而尽,伸出舌头把左边嘴角的一滴红酒也舔进去后说,儿子,说句实在话,你在单位确实没多大搞头,你人太实在,连个擦边球都不会打,也不敢打,还不如出来混,别的不说,你就比较一下咱俩的头发……

父亲的头发乌黑茂密,没有一根白毛。与父亲相比,他才是那个更显老的人。宋平沉默地望着父亲,他承认,父亲说得有几分道理。

结账时,父亲把一张卡交给了服务员,念了一串密码。让宋平惊讶的是,密码竟然是自己的生日。过了一会,服务员又拿着卡走过来低声说,对不起先生,您卡里的余额不足。父亲不高兴了:怎么不足,这里面少说还有好几千块。服务员实事求是地说,不到两百。李秀娟怕父亲难堪,飞快掏出自己的卡跟着服务员去结账。大事已了,父亲一身轻松,面对宋平鄙夷的目光,他竟然有些不好意思地搓了搓手说,真是可笑,出门竟然会装错卡,下次不会了,下次我请你们吃龙虾。

开往塔克拉玛干的火车

10

  上午十一点,宋平准时给杨柳青发了个微信,说他身体还是不舒服,云龙山景区就不去了。其实昨晚睡觉前宋平就有些犹豫,但又觉得不妥,怕谈判方觉得不给面子。但今早在得知陈默自杀的消息后,他就下决心不去了。实在没有心情。他宽慰自己,其实很多事是他想太多了。不去也就不去了,也没什么大不了的。他之所以十一点再给杨柳青微信就是不想给她拉锯的时间。他们昨天定好,十一点准时坐车走。

  杨柳青的电话立马打了进来,虽然声音听上去还是那么悦耳,但语速变得飞快,有着抑制不住的气急败坏:宋总,咱们昨天不是说得好好的嘛,你这样临时放我鸽子可有点不够意思,生意归生意,地主之谊我们无论如何也得表示一下的,这点面子难道都不给吗……宋平说,真是不好意思,我的一位朋友去世了,实在没有心情。杨柳青一愣,声音柔和起来:宋总,那你更应该出去散散心呀,云龙山的风景真的很好。宋平坚持说,每个人排遣的方式不一样,希望杨总能够理解。杨柳青叹了一口气说,那好吧,就尊重宋总的意思,中午我让公司的人过来陪你吃饭。宋平说,好意领了,我想一个人静静。

  三分钟后,张磊的电话便打过来了。张磊的酒完全醒了,语气里有着显而易见的恭敬:宋总,你不去,我们怎么去,我和小陈可是都看你的意思行事。宋平说,我不去,你更要去,否则就真正失礼了。张磊说,那行,就遵照宋总的指示,保证完成任务。宋平从张磊调侃的语气中捕捉到一种如释重负的味道,看样子,他不去让张磊暗自欣喜。

十一点过五分,宋平从五楼的窗户向下望去,果然看见了张磊他们上了一辆奔驰商务车。和宋平预想的一样,同行的还有杨柳青的那两位女员工。杨柳青是最后一个上的车。临上车前,她扭过头,朝着宋平的窗口,挥了挥手,就像她知道宋平站在那儿似的。

11

宋平和父亲有了真正的交集是近两年的事。原因很简单,李秀娟到国外进修去了,三年。李秀娟没出去前,她是必不可少的黏合剂。父亲每次都来得充满由头,理直气壮,毕竟几乎每次都是李秀娟主动邀请的。父亲来了以后,知道宋平对他怀有根深蒂固的成见,绝不主动往宋平身边瞎凑,更不自找没趣,而是和李秀娟说话,就像宋平是个永远的陌生人。有时,李秀娟在厨房里忙活,父亲就躺在长沙发上睡觉,并且练就了说睡就睡说醒就醒的本领。

李秀娟出国的当天,宋平想到父亲,不由发出了一声冷笑,他无论如何是不会主动邀请父亲的,他倒想看看父亲还有什么脸面和借口登门。虽然他已经答应了李秀娟,给父亲打电话,让父亲来家里吃饭。李秀娟临上飞机前还在嘱咐宋平,宋平为了安慰她说,放心好了,一定照办。李秀娟一点都不放心,说,你就没注意到爸来咱家,不爱搭理你,你肯定也有做得不到位的地方。宋平气得七窍生烟,没想到临走了,她还向着父亲说话。

李秀娟出国半个月后的一个星期天,坐在沙发上看无声电视

开往塔克拉玛干的火车

的宋平突然觉得哪个地方不对劲,其实是父亲来家的"生物钟"在他意识中敲响了。李秀娟在家时,父亲基本上半个月就上门一次。宋平想了一会,才想明白是怎么回事。

宋平刚想明白,门就被敲响了。难道是父亲?他走到门口透过猫眼一看,果然是父亲。宋平本想装作没听见了事,但又觉得那样太窝囊,就把门打开了。宋平堵在门口,冷冷地望着父亲。

父亲一副很不自然的表情,挠了挠头说,这还真怨不得我,习惯了,不知不觉走到楼下了,不上来看看就有些不够意思了……

父亲的手机突然响了,吓了父子俩一跳。是李秀娟打过来的电话,问父亲宋平和他联系了没有。父亲替宋平打掩护,怎么没联系,我人就在这儿呢。父亲把手机给了宋平。宋平接过来,李秀娟在那边是激动的心情:老公,表现不错,那我睡了,这边已经深夜了……

宋平把手机给了父亲,身体也从门口移开。轮到父亲诧异了,他没想到一切这么容易,看样子李秀娟的电话打得还真是时候,儿子是个怕老婆的货。

宋平拿出家里的半盒铁观音给父亲泡茶,把自己的烟也甩了过去。宋平的过分殷勤引起了父亲的警惕,父亲眨巴着眼睛,里面有了疑问与探究。父亲的猜测是对的,宋平之所以把父亲放进来,就是为了揭他的老底,为了羞辱他。

父亲刚喝下第一口茶,宋平就装作漫不经心地说,你在石市时开的那家文化公司叫什么名字?

伯乐。父亲赶紧说道。

这名字好啊,只是用在你那家公司是不是有点不太合适!

怎么不合适？父亲竟然有点急了：简直不要太合适，我干的就是慧眼识珠的事。

那行，咱们别来虚的，你就说说你当初是怎么行骗的。宋平单刀直入地说道。

父亲叹了一口气，一脸无辜地说，那还真怨不得我，我刚起步，没什么资金，你想也可以想到，那是家皮包公司，真正值钱的也就是我这个人，我这个人最大的特点你也知道，就是擅长和人打交道，当然，我也是以诚待人的。朋友多，信息就多，我所能干的就是"提篮子"。

什么叫提篮子？宋平好奇地问。

提篮子就是当中间人，类似于现在的中介。父亲把大腿一拍，得意洋洋地说，我那时真是神了，双方都信任我，提一次，成一次，我的提成比例是相当高的。合同一签，我只管拿钱走人就是，但后来就出现问题了。

什么问题？

那个时候流行三角债，就是你欠我的，我欠你的，谁都是爷，谁又都是孙子，结果就是相互扯皮、互不信任，有时要不到债，还大打出手，弄得头破血流。最终闹到我这个中间人这里，觉得是我的问题，还传我的小话。我是比窦娥还冤呐！我就像消防员，四处救火，四处说合。好在大家都是晓理之人，也是一时之气，说明白了就好。亏的就我一个，名声不好了……

父亲说得滴水不漏，宋平琢磨了半天也没找出这里面的漏洞。看见父亲坐在对面悠闲地喝茶，宋平不禁有些恼火，冷冷地问，那你给我解释一下你骗二舅的五万块是怎么回事？

开往塔克拉玛干的火车

父亲把嘴一扁,扯成老婆婆嘴,发出哭腔说,那更怨不得我了,是他哭着求着要加入的。

加入什么?

周游世界计划。父亲说,这个计划已经在进行中了,估计明年就可以正式实施了。

不就是到世界各地旅游嘛。宋平一脸鄙夷。

那你就大错特错了,这绝不是到世界各地旅游那么简单,每个人在飞机上都是专座,椅子背后的金字招牌上都刻有名字。每个专座还连着一个副座,那是给空姐准备的,也就是一对一服务,专门给每位旅行者介绍各地的风土人情,最重要的还是聊天,绝不让每个人感到一丝寂寞。当然,还有一些别的特色,饮食就更不要说了,什么都有……总之,就像是美国总统的专机。实不相瞒,光定金就是五万,那可是周游十三个国家,历时一个月呀,住的都是总统套房。你说我收你二舅五万多吗?我也是看在你妈的面子上成全他的。

成全什么?

当然是梦想啊。你不要因为你二舅生活在底层就忽略别人的梦想。父亲变了脸,摆出一副教训人的派头。

问题是你那个周游世界计划明年能实施得了吗?宋平讥讽地说道。

怎么实现不了?我和一家航空公司合同都签了,定金也交了,他们正按照我的要求重新改装飞机的内部设施呢。还是市场经济好啊,只要有需求,有钱,什么都不在话下。

这个计划你总共骗了多少人?

父亲白了他一眼说,实话告诉你,也就三百人,我计划今年再努把力,凑够四百人,否则,现在只是保本,没一点赚头。

三百人!宋平简直不敢相信自己的耳朵。

父亲冷哼了一声说,你千万不要低估别人的梦想。

宋平沉默了一会,点燃一支烟说,咱们换个轻松的话题。

父亲一副见招拆招的架势说,那你讲。

你还记得咱们镇上的李营业员吗?

父亲说,那咋能说不记得呢,我是尊重历史的。

当初你是怎么把她泡上的?

这还用泡,打个不恰当的比喻,就像嫖客遇见了妓女,在别人眼里是个事,在我眼里根本就不是个事,你爹这方面吹都不带吹的。当然,我还是有小花招的。父亲眨着眼睛得意地说,我告诉她说,我手里有宝藏……

宋平不由笑了起来,当他意识到自己被父亲感染时立马又拉下脸来,说,那李营业员的老公拿着杀猪刀追你是怎么回事,到最后怎么还和你称兄道弟了呢?

父亲说,他拿着杀猪刀追我是天经地义的,他也是没办法,他后面也有一条恶狗追着呢,那"恶狗"就是无形的世俗。我所能做的,就是把我们这种敌对关系化解,这样,他才有勇气闯出牢笼,重获自由。

具体点。宋平饶有兴趣地说。

我首先告诉他,我也是被迫的。一个美人主动来找你,谁能拒绝,一旦拒绝不了,就等于被鬼牵着走了。我说我就是一个小人物,被鬼附身了,由不得我了,只能直面诱惑。

开往塔克拉玛干的火车

他信你才是见鬼了。宋平说。

他不信我才是见鬼了呢。父亲反驳说,她丈夫在镇上就是一个卖肉的,看着娶了李营业员是得了天大的福气,可他两人条件不对等,在家里只能是个受气、受压迫的角色,一个女人的肉体再精致,得不到心灵的抚慰,时间长了也就那么回事了,没人能理解他内心压抑的苦楚。可我能,因为我们在同一个女人面前有同样的感受。我们是一个战壕的兄弟。他的苦水唯一的去处就是倒给我。时间一长,我们不是兄弟还能是什么……

面对父亲的信口雌黄,宋平竟然哑口无言。父亲又继续说道,咱们搬到县里的第二年,他就和李营业员离婚了,是他主动提出来的。他后来又找了一个,相貌普通,但为人朴实。进县城时,两口子还专门请我吃了个饭。他跟他老婆介绍说,我们是异父异母的亲兄弟,是我让他重新获得了自由……

当初把你调到市里,是那个和你一同被捉奸的副局长帮的忙吧?宋平阴暗地说。

父亲脸上的肌肉抽搐了一下,那是他人生最耻辱的经历,他倒吸了一口气说,是,也不全是,你知道的,我朋友多,不过她还是起了关键性作用。

别告诉我你到了市里后,也是她主动勾引你的,你也是被迫的。你不会也对她说你手里有宝藏吧。

父亲咂巴了一下嘴,像是回忆,更像是回味:不是一个档次,她不光漂亮,还有气质,更重要的是她的腿,可以说是第一美腿,我告诉你,看一个女人,首先要看她的腿,腿如果修长得可以,那别的地方也不会差到哪里去……

失踪的父亲

  父亲对女人的总结其实和宋平看女人的眼光一致,估计也和天底下的男人看女人的眼光一致,有普世价值,但正因为如此,宋平反倒觉得父亲不过如此,他轻轻敲了一下茶几说,跑偏了,你还没有回答我的问题呢。
  总的来说,她是小腿美丽,灵魂暗淡。
  你刚不是还说她有气质吗?
  那是两回事。其实每个人灵魂都是暗淡的。我们俩就像打着灯笼在漫长黑夜里行走的人,遇见了,便彼此照亮。
  那捉奸到底是怎么回事,你得罪谁了?
  鬼知道是怎么回事。父亲义愤填膺地说,更可气的是现场竟然还有一个女的,当时我是光着的,她非常不道德,一个劲地向我下身瞟……
  父亲越说越气,伸出巴掌狠狠地拍在茶几上。
  宋平笑了,眼泪都笑出来了。笑完后,他才发现父亲哭丧着脸坐在那里。他内心深处堆积的一种暗黑的东西在流泄,消散……他甚至感到一种前所未有的轻松,就像甩掉了背负了几十年的包袱。他的肚子开始叫唤,他和父亲都没有吃午饭,不知不觉就聊到了晚上。宋平站起来说,家里什么都没有,咱们出去吃吧。
  回到家,已是晚上十一点。这顿饭他和父亲吃了三个钟头。其实和父亲相处是一件相当容易的事,甚至还挺有趣的。他无法否认,无论他对骗子父亲抱有怎样的成见与抵触心理,这顿饭还是让宋平感到了愉悦。
  迟疑了一下,宋平给二舅打了一个电话,提起被父亲骗去五万块钱的事。没想到的是,二舅完全站在父亲那边:小平啊,那都是

开往塔克拉玛干的火车

你二舅妈说给你哥听的,她懂什么,她什么都不懂,那不是骗,是我主动要求加入的……

是那个周游世界计划吗?宋平问。

二舅在电话里不再言语,只是嘿嘿笑着。

12

刚吃过午饭,总公司的齐总主动给宋平打了个电话。齐总对宋平他们这次到云龙谈判很重视,临行前就专门给宋平他们打过电话,确定了标底及相关事项。本来昨天结束第一轮谈判后,宋平就想给齐总打个电话汇报一下,但毕竟后期签约谈判还没有开始,急着汇报反而显得不够沉稳与老练。缺少主动联系的动力的原因还有一点,他和齐总说话总是感到一种无形的压力。

自从齐总上任以来,他们打的交道不算少了。每月他要到总公司开会,齐总也几乎每月都会到他的分公司视察。宋平在过去的老总面前总是表现得从容不迫而又少言寡语。他没觉得有什么不妥,过去的老总也没觉得有什么,他们之间有一种信赖。但到了齐总这里,一种危机如影相随。

宋平只有适应。他变了,在齐总面前变得滔滔不绝,如裹挟一股热风向齐总袭来,然后又呼啸而去。只是可惜得很,他裹挟、呼啸的只是他自己,齐总还是站在原地不动。这让他既绝望又无奈。

齐总在电话里还是那种温和到令人不安的语气,他说第一阶段谈判很成功嘛,你们辛苦啦。宋平立马意识到张磊已经向齐总汇报过了。一种莫名的紧张与拘谨又爬满他的全身。他就像一只凶险逼近的兔子重复新一轮的奔跑与跳跃:齐总,我们不辛苦,我的计划是在给的那个百分点上再提升两个点,我有这个自信,毕竟咱们公司在技术上比别的公司有压倒性优势,还有就是……

宋平竭力在电话里表现出练达与沉稳,语速快得惊人,说到后面宋平的脑子突然短路,就像被什么卡住了似的。齐总趁他沉默的间隙,说了一声"好",就挂断了电话。

宋平又陷入了沮丧。有时,他觉得自己有病,无论面对谁他都感到紧张,时间也不再是线性前行,而是如心电图上的无数个锯齿般的波峰与波谷,他无所适从,找不到合适的语言和别人进行一种起码的交流,就像电视屏幕上那些无声滑动的画面,只属于黑暗的一部分,闪烁着荒诞的光点。

他曾把内心的这种隐忧说给吕丽听。那是一个夜晚,他和吕丽赤身裸体躺在吕丽的那套出租屋里。夜已经很深了,刚刚下过雨,清冷的空气穿过打开的窗户停留在小小的卧室里。他感到了一丝畅快的凉意。

你太敏感了,吕丽叹息道,或许这和你青春期所感受过的羞耻有关,成年后,你以为你已经进行了一种修复,其实那个黑洞还在,如冬眠的蛇般潜伏,在某个时刻突然钻出来吓你一跳。无论岁月怎样流逝,每个人内心的有些东西,还像一个长不大的孩子,继续停留在原地不动……

吕丽把宋平的一只手放在自己柔软的胸脯上,仿佛那也是她语言的一部分:萨特曾经说过,他人即地狱,就是为了说明人与人之间那种永恒的陌生与隔膜感。其实你的这种隐忧,我们每个人身上都有,只是或强或弱罢了……

开往塔克拉玛干的火车

吕丽的一只手摩挲着宋平的头发,宋平觉得自己整个身体与灵魂都被吕丽怜惜的手抚摸着,他感到一种无边的宁静与幸福。

想到吕丽,宋平的内心又撕扯出一种新的疼痛,快一年了,吕丽消失得无影无踪,他就像一个被遗弃的孩子,在这个世界上无依无靠,濒临绝境……

13

李秀娟走后,父亲主动上门协助宋平完成了对她的承诺。宋平之所以没有一次次把父亲拒之门外,完全是出于对父亲的戏弄。愿望总是美好的,但现实就是现实。父亲总能从容不迫轻而易举地瓦解宋平的企图。虽然有些恼羞成怒,但宋平还是获得了一种莫大的慰藉。谁愿意自己的父亲是个不折不扣的骗子?他甚至暗自希望父亲能把这种表演完美地继续下去。如果哪天父亲演砸了,暴露出不可原谅的纰漏,那才是对他最大的伤害。

在和父亲接触的这段时间,宋平没有一点压力,就像父亲是一味最好的调剂品,又好像所有的问题都已不再是问题。或许还因为父亲所有的不堪与龌龊给宋平带来一种莫名的优越感。

李秀娟出国后,吃饭就成了问题。宋平懒,父亲更懒,每次上门,都是攥着两只拳头,不拎一根菜来,更别说给宋平做顿饭。两人只好出去吃,AA制,谁也不欠谁的。

那天快到餐厅门口时,迎面过来一个女人。女人相貌清丽,气质脱俗。宋平忍不住多看了一眼。目光收回来时,旁边的父亲已经凝滞不动,痴痴地望着迎面走来的女人,喉咙里发出奇怪的声响,就像在吞咽口水。女人也注意到了父亲,她的目光里有了一丝愤怒甚至不屑。宋平的脸一下子红了,为父亲感到尴尬。但父亲浑然不觉,直到那个女人消失在视线里,才像得到了无形的口令似的,慢慢转身……

受着刚才女人的感染,父亲在饭桌上理所当然地谈起了女人。父亲谈得一点都不高级,显得粗俗,嗓门还大,引得旁边那桌的人一次次侧目。宋平让父亲住嘴。父亲用视线左右扫视了一下,才意识到不妥,住了嘴。

女人这个切口让宋平看到父亲的底线就是没有底线。父亲在他心目中的地位再一次拉低。而他自己在无形中升高,如同跷跷板的两头,高高在上的宋平看着低处的父亲,油然而生出一种无形的蔑视与审判。就像一种自由。

宋平在那家公司还是非常忙的,压力也大。父亲每次来,仍旧不打招呼,直接上门。父亲来得频繁,很快便打破过去半个月一次的节奏,变成一个星期一次或几次。让宋平奇怪的是,父亲每次来都不会扑空,就像在宋平身上偷偷安装了定位系统。更让宋平纳闷的是,父亲能敏锐地捕捉到他情绪的波动。父亲有时一坐就是半天,扯东扯西,恨不得把老天也扯下来才算罢休,有时,就是一根烟的工夫,然后扭头就走。父亲来得频繁,却不让宋平感到厌烦。虽然每次给父亲开门时,宋平都习惯性地板着脸,但那只不过是装装样子罢了,并不意味着什么,就像一张空虚的皮。

随着和父亲来往越来越密切,父亲如同一只变色龙般呈现出一种单纯甚至天真烂漫的本色。宋平毕竟是过了四十的人了,过去是在机关,现在是在生意场上摸爬滚打,也算是阅人无数了。什

开往塔克拉玛干的火车

么样的人怀揣着什么样的心思,看一看说话做事就能拿捏出个大概。而父亲有话就说,喜形于色,直来直去,就像宋平摸过他的底牌,干脆破罐子破摔,懒得装模作样。有时,宋平也纳闷,父亲这副没心没肺的德行,被人骗还差不多,有什么本事去骗别人呢。有时,宋平又想,或许这就是骗子的最高境界,看似没有心机,才更容易让人失去起码的警惕与防备,才会骗你没商量。宋平冒出一头冷汗,但他更不明白父亲如此煞费苦心在他面前演戏,到底想干什么?骗钱不会,父亲也就骗走了那一万块钱,那对父亲来说,简直不值一提。难道父亲老了,他想重新续上自己的血脉,想骗回一个儿子对一个父亲最起码的理解和关爱?

宋平怎么想那是宋平的事,父亲怎么做那就是父亲的问题了。一天,父亲从宋平家客厅的茶几下面摸出一副磁铁象棋。父亲就像发现了新大陆,咦,你们家竟然有象棋?宋平望着那副磁铁象棋也感到意外,他也弄不清茶几底下怎么会有副象棋,他已经好多年没下过象棋了。父亲说,来,陪我下一把,反正闲着也是闲着。

下就下。宋平由于多年没下,棋艺退步得厉害,差不多成了一个臭棋篓子。但让宋平没想到的是,父亲的水平更烂。宋平把父亲杀得节节败退。望着陷入死局的老将,父亲面红耳赤,粗气直喘。宋平挑衅似的说,缴枪吧你。父亲恼羞成怒地把棋盘上的棋糊成一片耍赖道,这盘不算,重来。

于是下第二盘。下到中盘,父亲又处于劣势。他开始偷宋平的棋。宋平想跳马时,才发现右路的马不见了。父亲死不承认。宋平也有些恼怒,但一想,就当让父亲一马,如果还能把父亲打败,岂不是更有成就感。宋平下得越发认真,对自己的棋子也盯得格外紧,父亲好几次伸手,都被宋平抓个正着。

父亲的棋技简直臭不可闻。偷了一匹马,都没能扳回一局,让父亲大为光火。一恼火,就想出气,就拿出无赖的嘴脸骂将开来。父亲首先骂的是宋平的八辈祖宗。骂了两句,才意识到不对劲,又开始骂天骂地。宋平就看着父亲骂,父亲骂得越狠,就更证明他的失败,宋平心里就有一种更大的快感,就像痛打落水狗。

父亲骂得口干舌燥,水都顾不上喝一口,就又摆上了。宋平一副奉陪到底的架势,为了羞辱父亲,他把一只马直接拍到了局外,说,让你。父亲不吭声,架起了当头炮。这盘宋平采取了"围城打援"的策略,以消灭父亲的有生力量为主。到了局终,父亲被宋平杀得片甲不留,只剩下一个老将,还被宋平的车与马定在原地,进退不得。更悲催的是,轮到父亲走了。顽抗到底的父亲犹如遭受凌迟,惨白着脸,一声不吭地站起身,走了。

第二天,宋平刚下班回来,父亲就来了,手里拎着两个盒饭。父亲说他是来报仇的,两人一边吃盒饭,一边下棋。还是三盘。输的还是父亲。

一连几天,父亲都来找宋平下棋,总想着能扳回一局。宋平知道,一旦让父亲赢一把,那么他之前所有的败仗都不过是序曲,他会在宋平面前吹嘘一辈子。宋平打定主意不让他如愿,每次都全神贯注,严阵以待,杀得父亲丢盔弃甲,灰头土脸。

下了一个星期后,宋平自己的棋瘾也上来了,买回来一副红木象棋。他自己摆了一盘,棋子非常有手感,且掷地有声。父亲进门看见新象棋,不禁喜出望外:终于鸟枪换炮了,来,开战。

让宋平没想到的是,一个月后父亲进步神速,宋平已经恢复到

131

开往塔克拉玛干的火车

过去的棋艺,也只是稍胜父亲一等。有两次,要不是父亲在关键时刻,下了缓招,估计就能看见胜利的希望。对棋手来说,棋艺相近的切磋才有最大的乐趣。父亲和宋平体会到一种单纯的智力游戏快乐。

14

宋平的手机响了,但只响了一下,就挂断了,就像是无意中拨错了。宋平看了一下来电显示的是母亲的电话号码。他的心情不由沉重起来。

母亲和父亲离婚时,还不到四十岁,虽然和父亲在一起生活的日子让她倍受摧残,但底子摆在那儿,还是让母亲看上去风韵犹存。离婚是母亲提出来的,获得了所有人的同情还有惋惜。落到实处便是不少人给母亲牵线搭桥。面对众多红娘的好意,母亲没有拒绝,相反就像是要报复父亲似的,每一个都去见,每一个都去谈。最频繁的时候,母亲在一个月里见了三个男人,乐此不疲。这样的日子持续了五年。母亲如同岸边的礁石,一波又一波潮水信心满满地把她吞没,最终又一波一波无奈地退去,留下的仍然是母亲孤独一人。这让母亲心灰意冷,也彻底绝望。五年后,母亲不再见任何男人,纵使别人把某个男人说得天花乱坠,母亲也不见动摇。"好心人"只好失望而归,对别人悻悻然嚼起母亲的舌根:看样子李老师是被第一个男人搞坏了,谁都进不去了,哪个男人到她那里都是底儿掉,她就是一个破了天大洞的箩筐啊……

在宋平的印象中,母亲自尊、矜持、业务过硬,从不搬弄是非。

除了学校便是家里,不喜欢串门,更没有一个闺蜜似的朋友,纵使在学校,也和所有的老师保持着不远不近的距离。

现在想想,母亲和父亲没离婚前的时候更像在过一种伪生活,整个外部世界都被母亲推远了,她作茧自缚,编织着一张清冷孤独的网。落到她网上的只有父亲一人。只是她捕获不了父亲,父亲如一只来去自由的飞虫,一次次停留,又一次次飞向外面的世界。而母亲便在这一次次的希望与失望中轮回,也正是这种轮回维系着这个家一种动态的平衡与平静。

和父亲离婚后,母亲那张网便彻底荒芜了,浮动着越来越厚的尘埃。她经过五年的努力,外部世界还是那么遥远,母亲只好又重新回到那张废弃的网中。她再也找不回那种平静了。现实生活中的母亲变了,对待宋平他们变得暴躁、易怒、歇斯底里,一遍遍声讨父亲的种种罪恶。母亲在单位更加阴冷,如同一把钝刀被开了刃,亮出崭新的锋利与光芒来。母亲的尖刻古怪让同事们防不胜防,纷纷躲避。连领导见了母亲,说话前也要再三斟酌、掂量,生怕哪句不得当的话被一身刺的母亲刺伤。

宋平兄弟对母亲的遭遇虽然有着感同身受的同情,但时间长了也难以忍受。因为她是母亲,也只能忍受着。忍受着的结果,便是他们离母亲越来越远,觉得母亲越来越陌生。宋平有时甚至对父亲有了一丝奇怪的理解。

和宋平变得熟络起来后,父亲最大的爱好就是显摆吹牛。或许这也是一个骗子最擅长干的事。父亲把牛吹完了,也显摆得差不多了。一次,竟然提到了母亲。父亲自鸣得意地说当初是母亲主动追求的他。宋平却不以为然,虽然父亲自命不凡,但母亲年轻

开往塔克拉玛干的火车

的时候也是个美人。更重要的是母亲心性极高,清冷孤傲,有点超凡脱俗的味道,要不是遇见了父亲,肯定能博得更多的尊重与爱慕。宋平不由冷哼一声。父亲看宋平不信,也急了,说,不信你可以回去问问你母亲。

半个月后,宋平刚好要到石城出差。离婚后母亲一直住在石城。宋平有好几次提出让母亲搬来和他一起住,母亲都拒绝了。宋平有时想想,母亲拒绝得还是有道理,她来了估计和李秀娟也很难相处,两人的性子都要强,到时难做的还是他宋平。说穿了,母亲还是在替他着想。省城离石城不过一百多公里,有事没事,宋平就要回石城看看母亲。

处理完公事,宋平拎着几盒西洋参去看母亲。母亲留他吃饭,吃完饭就是闲聊。说实话,宋平对和母亲聊天深感痛苦。母亲由于是老师出身,无论宋平多大年纪、什么地位,母亲对他的教育从不放松。还是那些老三篇,还是一如既往教训的口吻:在单位要听领导的话,认真工作,对待同事要谦虚谨慎,和异性要保持距离,千万别学你爹,走哪都让人戳脊梁骨……

宋平只能点头称是,因为他知道只要流露出半点的意见来,就会招来母亲更猛烈的数落。一般母亲完成第一个规定动作,就会开始进行第二项:对父亲的控诉。

说起父亲,母亲仍然激动,仍然面红耳赤。宋平只能默默地听。今天母亲又有了新的发现,其实母亲几十年对父亲的控诉中都是一个不断完善的过程。多次控诉的结论只有一个:父亲喜新厌旧,薄情寡义,对待子女更是简单粗暴,心狠手辣,十恶不赦,纵使被拉出去枪毙十次八次都远远不够。

宋平突然鼓起勇气说道,既然他是这么个玩意,妈你当初就不该找他,应该拒绝他才是啊。

宋平一句看似随意的话到了母亲那里却像放了一颗原子弹,母亲端到嘴边的茶都喝不下去了,好像温热的茶水瞬时凝成了冰碴。母亲发出一阵剧烈的咳嗽,整张脸也涨得通红,母亲的目光也低垂下去,像下面坠了两个沙包……

宋平蓦然一惊:难道果真像父亲说的那样,当初是母亲追求的父亲……

15

宋平还是给母亲回拨过去,母亲飞快地接了。果然像他想的那样,母亲解释说刚才拨错了,她本来是要给送水的打电话,不知怎么就拨到他那里了。母亲语气急速,嗓音嘶哑,就像有一条狗在后面撵着。宋平猜测一定是宋瑞把父亲失踪的事告诉了母亲。

母亲问宋平谈判进行得怎么样。

几天前,母亲就给他打了一个电话,问他最近的情况。他说他还好,要去云龙和一家公司谈一个项目。母亲竟然拿出一番好奇心说,听说那里的云龙山风景不错。宋平一愣,母亲对风景从来都不感兴趣,他几次想带母亲去三亚、九寨沟,都被母亲一口拒绝。宋平说,要不回头他专门带她去云龙山看看。母亲又说她只是这么一说。宋平一下不知说什么才好,母亲没挂电话,更没有拿出一些套话来教育宋平。母亲欲言又止。宋平感觉到什么,他小心翼翼地问还有什么事。正是宋平的小心翼翼让母亲一下子烦躁起

开往塔克拉玛干的火车

来,"啪"地把电话挂了。

宋平说,谈判的基本目的已经达到了,剩下的就是扯皮,能多扯回来一点是一点。母亲哦了一声,不再说话。

宋平不忍心了,叹了口气说,他最近没和我联系,手机也打不通,这边已经报案了,如果有什么事,警方会第一时间和我联系的。母亲不说话。宋平又安慰母亲,他能有什么事呢,那是一个能把老天都骗得团团转的人,一切都会逢凶化吉的,妈,你就放心好了……

宋平能听到母亲变得急促的呼吸声。母子俩在电话里长久地沉默着。这沉默对宋平来说是极其煎熬,他突然意识到,在母亲那儿,他是孤独的,母亲亦是孤独的。他无法改变,更无法走近。想到母亲经历的那些苦痛和内心的创伤,一股巨大的悲怆让他几乎不能自已……

三个月前,宋平再一次回石城,还是公务上的事。父亲也想跟着回去,说有好几年没回石城了。宋平一下想到了在石城的母亲,问父亲到底是什么意思。父亲嘿嘿一笑说,没什么意思,就是想回去看看。

到石城已是晚上。那边的客户已在宾馆大堂等候多时。客户跟宋平握完手,和父亲也握了手。父亲非常给力,向客户介绍说是宋平的下属。

吃过饭回到宾馆,宋平对父亲的表现很满意。在饭局上,绝不多说一句话,还主动给宋平敬烟,递火,尽着一个下属该有的本分。宋平刚想表扬父亲两句,父亲竟恬不知耻地让他给母亲打个电话,说想见她一面。宋平冷笑一声说,我妈恨不得揭了你的皮,她才不会见你!

父亲满不在乎地说,我看不一定吧,这样,咱们打个赌,赌什么你说。

赌就赌,赌什么一点也不重要。

宋平拿起电话,给母亲拨过去,他心里有些不安,现在已经是夜里十点半了,平时这个点母亲已经睡了,他不知道会不会招来母亲的责骂。母亲接了,奇怪的是母亲在电话里一声不吭。宋平迟疑了,难道母亲预感到父亲回石城了?

宋平在电话里结结巴巴地说父亲回石城了,住在花城宾馆1101,想见她一面。母亲还是不吭气,在那边沉默了一会,才把电话挂断。

宋平把情况如实告诉了父亲,劝他想开点,还说如果他是母亲,也不会来见父亲,毕竟他曾给母亲带来那么大伤害。

父亲扫了宋平一眼,轻描淡写地说,你妈会来,我估摸着你妈明天十一点左右能到。

真让父亲算到了,第二天上午十一点刚过,就传来敲门声。宋平过去把门打开一看,还真是母亲。母亲只看了宋平一眼,就迅速把眼睛垂下,好像宋平是一块烧红的铁板。母亲还是习惯性地拉着脸,但今天的脸拉得格外狠,也格外绝,连嘴角的法令纹都透着丝丝冷气。母亲穿着一双新皮鞋,这双鞋是几年前母亲过生日时,李秀娟给买的。上了年纪的母亲只穿平底鞋,当时她还不高兴,这有跟的鞋怎么穿。但今天,母亲把这双打入冷宫的鞋穿上了,也使母亲达到了她理想中的一米六五。真正让宋平吃惊的是,母亲竟

开往塔克拉玛干的火车

然还化了淡妆,在宋平的记忆中,母亲已经有些年头没化过妆了。

看见母亲,父亲就跟当初见到宋平一个德行,无动于衷地坐在沙发上,连屁股都没有抬一下。这个样子的父亲把母亲激怒了,母亲的眼里喷着火,像要把父亲生吞活剥了才解恨。她坐在了父亲旁边的沙发上。

来了。父亲随意的口吻里透出一种说不出的亲昵与深情,就像这几十年来从没有和母亲分开过,更没有背叛过母亲。母亲的身子如同遭受电击般抖动了一下。

父亲喝下一口茶,脸上焕发出一种奇异的红润,父亲像是开场白似的咳嗽了一声,开始和母亲说话。

父亲先是回忆,向母亲诉说了他年轻时第一次见到母亲时的那种怦然心动如同电击的奇异而温暖的感觉,又说了他们刚开始谈恋爱时,散步经常路过的园林队。父亲说到这时,稍微加重了一下语气:那时正是秋天,园里苹果的香气格外诱人,你说你有两年没吃过苹果了,我二话不说就钻进果园,你也晓得当时是什么形势,谁敢偷公家的东西?发现了那可是要被批斗的,但我愿意为你做贼,为爱情做贼,秋香,那是我平生第一次偷东西……

父亲继续说,说他经历过的那些女人,父亲说得细,样貌、性格、气质、精神底蕴,一一道来;父亲也说得巧,一个个鲜活的例子无一不在和母亲做着微妙的对比,对比的结果就是父亲还在巧舌如簧地进行着一种貌似客观的总结:没有哪个女人能比母亲更优秀,也没有哪个女人能让父亲真正上心。

父亲还在貌似客观地说,更像是在进行一种隐约的总结:他用自己背叛来印证着母亲对情感的纯粹,他所有的寻欢作乐不过是在印证着自己精神的空虚与苦闷,不过是在遭受另一种罪,他现在是离母亲越来越远了,但他的心从来就是和母亲在一起,母亲是他唯一真爱的女人……

父亲和母亲说话的时候,宋平忘了回避。听着父亲对母亲的表白,他不禁目瞪口呆。宋平见识过无耻的人,但从没见识过像父亲这样能把无耻上升到理直气壮的境界。父亲今天的言行让他深深痛恨,像父亲这样的人,估计被母亲捉奸在床,他也会风轻云淡地说他以为床上的女人是母亲呢。

真正让宋平惊讶的是母亲的变化。刚进门时母亲的眼神是冷酷而仇视的,但在父亲言语的冲刷和腐蚀下,那冷酷开始片片剥落,仇视变得迟疑、茫然,最终一种水质的东西在母亲眼里流动起来。

父亲还在诉说着什么,母亲的身体已经软在沙发的靠背上……

宋平是处理完公事的第三天早上回的省城。上了高速后,父亲整个人都松弛下来,一副心满意足的样子。宋平想到了母亲,如果说自己是凭借着几十年的恨来维系着父亲的存在,那么母亲就是用一生的恨来维系着父亲最初给予她的浪漫与甜蜜,然而母亲的仇恨中也暗藏着连她自己都不确定的深情吧?宋平的心痛了,为自己,更为母亲。

你和我妈应该一直都有联系吧?宋平通过后视镜看一眼躺得歪七扭八的父亲。父亲露出一副不好意思的忸怩,说,有吧,不多,几年联系一次。宋平继续望着父亲,目光里是咄咄的光。父亲低下头说,上次是你哥帮的忙,他约的你妈。宋平差点背过气去,在

开往塔克拉玛干的火车

他的印象中,他哥就是忠实的卫道士,忠实地守候着他和母亲对父亲的审判,还有恨。

你不懂。父亲突然说了一句。宋平默默地开着车。他真有些搞不懂了,难道父亲才是最懂母亲的人,只有他知道母亲真正需要什么,如同知道母亲性格中的清冷与执拗。父亲之所以一直和母亲联系,就像在给母亲"打气",用信口雌黄来的深情给母亲带来一种奇异的慰藉,而这,几乎成了母亲情感生活中唯一的绿洲……

16

宋平没吃晚饭,黄昏时分去了三楼的咖啡厅。入住这家酒店的当晚,宋平就去了这家咖啡厅。他和吕丽是在咖啡厅认识的,他总怀有一点渺茫的渴望,或许他还能在某个咖啡厅和吕丽不期而遇。他点了一杯哥伦比亚咖啡,他只点这种咖啡,他希望这能给他带来好运气……

咖啡厅里空寂得很,除了隔着两张圆桌坐着一位女士,就没有别的顾客。他喝下一小口,苦味蔓延开来。他抬起头来,看到对面的女士不由一愣,几天前,他来咖啡厅也见过她,她也坐在同样的位置。他之所以还记得她,是因为那是一个漂亮的女人,更源于她脸上恍惚的神情,以及目光里的迷离。

在吕丽之前,他就经历过这样一位女人,一样的表情,眼睛里有一样的迷离,甚至连漂亮的感觉都是一样的。这曾激起他全部的热情与渴望。他们在床上、沙发上、浴室里、公园里……还包括各种花样的体位……在欲望的尽头,女子高贵与神秘的色彩在片片剥落,在目光的深处及最深处,只驻扎着来来往往的风及他灰烬般的叹息与虚无……

和吕丽做爱时,他只在床上,只采取一种最守旧的体位,他紧紧贴着她,无时无刻不在看着她,更无时无刻不在对她诉说着什么,他的语言是喃喃地,深情的,也是蠕动的,冲撞的……连吕丽发出的若有若无的呻吟都是回应他倾诉的一部分……等他们平静下来,他们继续紧紧相拥,而宋平心里的激情却如海啸般涌来,如同重生……

但吕丽的突然消失就像一记响亮的耳光,是对他的莫大讥讽,更像是对他的彻底否定。他什么都没有了,只能承受比耻辱更深的耻辱。他,自卑到无以复加的地步。

有时宋平想,或许一开始吕丽的出现就是个阴谋。吕丽和他刚开始交往时,就建议他们纯粹点,不打听也别告诉对方在现实中毫无意义的东西。宋平欣然同意。他不知道吕丽的工作单位,不知道她是哪里人,有什么朋友,甚至她的住处都是临时租的。当吕丽失踪后,他便丧失了吕丽在这个世界上的全部坐标……

对面的女子也注意到再次出现的他,目光里有了好奇,并向他投过来一缕神秘的微笑。出于礼貌宋平也笑了。但他的笑瞬间便僵在那里,如同瞬间冻僵的蛇。他又听到那种熟悉的旋律,还是陈慧娴的《千千阙歌》,还是如此的热烈与悲伤。宋平模模糊糊地想,或许正是由于悲伤让他与吕丽相遇、相知,也同样由于看不见的悲伤让他们分离……

女子向他发出了暗示,举了一下手中的咖啡。宋平站了起来,然后转身,走出了咖啡厅。

开往塔克拉玛干的火车

出了咖啡厅宋平直接进了酒吧。他要了一瓶红酒。一个小时后,他又要了一瓶。当服务生把第二瓶红酒打开时,他习惯性地掏出手机,又去拨父亲的电话。

17

父亲向宋平摆的最大的谱就是炫耀他新交的女朋友。半年前的一天,父亲手舞足蹈地告诉宋平说自己有女朋友了。宋平讥讽他,你什么时候缺过女人。父亲说,这个不一样,我想介绍你们认识一下,并且我也把你们公司的业务向她做了介绍,她很感兴趣,再说,吃了你那么多饭,我想加倍偿还。父亲说得没错,说好每次AA制,但临到付账,父亲就是死活掏不出钱来。宋平唯一一次占父亲便宜的只有一份快餐。

行,那就明天见见,饭我请。宋平望着已经六十多岁的父亲,突然来了兴致,想看看父亲又骗了什么样的女人。

你请有个什么劲,让她请,你就说去哪里吧?父亲一副趾高气扬的样子。

要不就去"水晶宫",宋平将了父亲一军。

父亲的谱却越摆越大:行,那就在"水晶宫",订一间最高档的包间你看怎么样?宋平撇了一下嘴说,你就吹吧,"水晶宫"的高档包间最少得提前一个月预订。父亲叹口气说,儿子,你太让我伤心了,也太不把爹当爹了。

看着父亲胸有成竹的样子,宋平的脑子有点发蒙。"水晶宫"是一年前兴建的大型功能型豪华餐厅,由于本省城没有海洋馆,它把海洋馆的功用也借鉴、涵盖到餐厅里来，里面有各种鱼类、珊瑚、水母。散台中央有海狮表演，大堂边上的巨型玻璃鱼缸里还有喂鲨鱼和美人鱼表演。而每个包间，都是由展缸拼接组成，每个展缸里都有不同的鱼种。宋平在"水晶宫"开业的两个月后去过一次，长这么大，第一次见识到神仙鱼、射水鱼、食人鱼……

同去的都是几个生意场上的朋友，其中一个说，不愧是夏总，真是敢想、敢干。宋平不认识这个什么夏末，只是听生意场上朋友说起过，她最早是在上海起步，经历坎坷，背景复杂，这两年才回本省发展。另一个说，那可不是个一般的女人，别看都过四十了，还是一位美人儿……

下班后从公司里出来，宋平就看见父亲已经站在了外面。下班前一个小时他曾给父亲打了个电话，说去他的住处接他，父亲说没有那个必要，他自己去宋平他们公司就是。宋平挂断电话才意识到，自己到现在都不知道父亲住哪。看样子骗子就是骗子，骗子是不会轻易把自己的老巢暴露给任何人的，哪怕是自己的儿子。

宋平和父亲到了"水晶宫"，站在大堂亲自迎接的竟然是"水晶宫"的老总夏末。果真像朋友说的那样，这女人一点不像有四十岁，仍然是一副人见人爱花见花开的模样。夏总伸出修长而纤细的手和宋平握了握，又做了自我介绍。宋平搞不明白了，指着两人问，你们认识？夏末调皮地眨了一下眼睛说，当然啦，你父亲是我们的VIP钻石会员。夏末将宋平他们引到了包间。这间包间确实不同凡响，连屋顶都镶嵌着玻璃鱼缸，里面游动着稀罕的鱼种。坐下来后，就像置身海底世界。好像一张嘴，就会吐出一串串水泡，化身一尾斑斓的热带鱼……

开往塔克拉玛干的火车

夏末把他们送进包间后,一屁股坐在了椅子上,丝毫没有要走的意思。看着一脸困惑的宋平,夏末笑吟吟地,对着正呷着茶的宋平又伸出了手:来,正式介绍一下,我是你父亲的女朋友。宋平一口茶几乎喷出来。

菜上来后,宋平才慢慢恢复了平静。他死死盯着父亲看,就像平生第一次见似的。父亲还是那副德行,丝毫看不出有什么不同。夏末和宋平碰了一下说,我小时候也在石城上学,你父亲教过我,那时你父亲可是玉树临风,风流倜傥,把班里的女生迷得魂不守舍,我最初的暗恋对象就是你父亲。宋平"哦"了一声,抿了一口杯中的红酒,看样子是有前科,宋平又一想,不对,虽说有前科,但那么多年过去了,父亲也是六十多岁的人了,一个糟老头子凭什么征服面前这个年轻火辣的老板娘?

宋平尴尬地笑了笑,说,你这家"水晶宫"不错,有创意,更有想象力。夏末的眼睛一下亮晶晶的:这都是你父亲的功劳。

他能有什么功劳。宋平惊疑地问。

最初这家"水晶宫"的创意和设想就是来自你父亲。要是换个人和我说,我还真不一定采纳,但我信你父亲,就确定投入了,开业不过一年,但收益已经超过了预期。

宋平把惊愕的目光转到父亲,一旁的父亲早已是得意洋洋的表情,他吹嘘着说,小意思啦,在我诸多项目的构想中,这简直不值一提……

菜很丰盛,除了有澳洲龙虾还有几道宋平从未吃过的海味。宋平味同嚼蜡,他丧失的不光是味觉,包间里的光怪陆离,父亲看上去一点都不真实。父亲我行我素,当着宋平的面,和夏末调笑。

而夏末如同热恋中的少女,完全忘了对面还坐着初次见面的情人的儿子。

宋平突然想起李秀娟的话:你爸就是一个活泼的耶稣。如果父亲真是耶稣的话,那么他所钟情的女人,都是一群灵魂黯淡的女子,那么她们鲜活的肉体不过是父亲安心享用的祭品罢了。

宋平不知不觉喝多了,不由暗自感慨,如果这世上的男女好比各式各样的锁,那么父亲就是一把万能钥匙,如果世人是形态各异的插座,父亲就是唯一的插头,瞬间可来电……

一个星期后,夏末主动和宋平联系,说要宋平公司给"水晶宫"更换摄像头并提供技术服务。宋平第一次对主动上门的业务有了懈怠,三天后宋平带着技术经理去了。一切顺利得出奇,夏总在价格上没有打一点折扣,说多少就是多少。技术经理兴奋得鼻头赤红,趁和宋平上卫生间的工夫得意忘形地说,这一单真带劲,就像有如神助啊!宋平没有言语,在心里冷哼一声:神助个屁,一切不过是父亲那只无形的推手在起作用,看样子,夏末对她的新欢——父亲不是一般的够意思。

签完合同,夏总请吃饭。宋平推说还有事。技术经理是个不长脑子的东西,为了讨好夏末,说公司的事他去处理。当着夏末的面,宋平不好再多说什么,只好留下来。吃饭时,夏末的主题总也离不开父亲,就像绕着圆心在一遍遍画圈。宋平听得脑壳都晕,但心里有个疑问如同一块骨头鲠在喉中。

宋平装作漫不经心,夏总,不知我父亲和你说过他的那个计划没有,不过,我给赞助了五十万。宋平说完有些心虚,还有些后悔,他应该说十万就好了,更有可信度。

开往塔克拉玛干的火车

夏末说,哦,你爸的计划多了,不过我给他赞助了一百万。

宋平望着轻描淡写的夏末,眼前一阵阵发黑:看来,父亲果然不是吃素的。

从夏总那里出来,宋平就给父亲打电话,冷嘲热讽地说,和夏总的合同签下来了,应该给你提成多少?父亲说,提什么成,不是说好还你的饭钱。宋平说,那就谢谢了,我和夏总聊得不错,你就不想再说点什么?父亲觉得不对劲了,试探着问,你是说那一百万?

你说呢?宋平继续逼问。

父亲如释重负:我当什么事呢,那是我的新计划。

什么新计划?

"重生"计划。你知道现在地球的生态环境恶劣,哪天人类一发疯,估计整个地球都毁了。我准备弄一艘航天飞机,里面放上志愿者的DNA基因,还有每个人的音频、视频。我要让那艘航天飞机飞出银河系,在更广阔的宇宙里寻找外星人、寻找人类新的栖息地。现在什么都好办,就是一项技术还有点问题,光有DNA不行,到了新的星球上,繁殖的都是一群克隆人,没有历史、文化的记忆和情感还算是人类吗?不过我听说德国发明了一种芯片,可以存储与重新植入人类的记忆。过段时间我准备去考察一下……

18

二毛电话打过来的时候,宋平已经有些醉了。二毛在电话那头发出一阵阵傻笑。宋平觉得二毛喝得一点都不比他少,毕竟陈默走了。

我做梦了,中午做的,哈哈哈,白日梦……

你梦见了什么?宋平懒散地问。

我梦见……二毛加重了一下语气,突出"我梦见"三个字,其实他们在后来交流述说梦境的过程中,早已坚决把这三个字摒弃了:我第一次梦见了我们单位的人,我的顶头上司是个女处长,说得上天生丽质,你知道的……现在女人的漂亮有多假,但她绝对不是,尤其是她那双腿,让人忍不住想摸一把。

腿……宋平嘟哝了一句。

但可惜的是,她完全辜负了她的那副好皮囊,那张脸板得就像一块铁板,张口就是主义原则,闭口就是情操追求。你知道的……我喜欢开玩笑,有时还爱说点荤段子,所以我成了她的重点打击对象,一次次当众训斥我,还让我写检查,剖析思想根源,我好歹是个业务部门的科长吧……一次出差,她点名让我和她一起去,并说要好好涤荡一下我的灵魂。

涤荡灵魂……宋平哈哈大笑起来。

出差的第三晚,我喝了酒,有点多,我越想越气,越想越恨,就去敲她的门,想和她理论一番。她刚洗完澡,穿着白色睡袍,简直就是出水芙蓉。我眼都看直了,更紧张的是她,一副十五六岁的女孩遇见了老流氓的惊吓。我仗着酒劲伸了一下手,她,一下子软成一摊烂泥。这种千载难逢的机会我当然不会放过,我剥了她的睡袍就开始弄她。她咬着牙,紧闭着眼,受刑一般。但她的身体是不会说谎的,湿润如水,扭动着迎合……我的动作更加凶猛起来。她终于经不住,喊了出来。我感到一种巨大的快感,那是欲望之上的

开往塔克拉玛干的火车

一种快感,如同手刃仇人。

宋平点上一支烟,深深地吸了一口。

那次出差回来之后,我们就开始频频约会。她的欲望如同泛滥的洪水,一般的男人根本满足不了她。她还是满嘴又红又专的标语口号。这让我深恶痛绝。但这种憎恨,让我变得无比强蛮有力。我曾经心平气和地跟她交流过,人应该活得自由一点。但她就是不改,好像她知道她坚持的这些对我就跟一剂春药似的……

宋平笑了,连眼泪都笑出来了。

前几天,她又主动约我,说去她家。她说她老公出差了,要几天后才能回来。我没有拒绝,只是好奇,她在地点选择方面还是比较谨慎的,每次都是去宾馆。去了以后,她表现得格外兴奋,就像能在家里约会对她而言,有种莫名的刺激。她提出要在沙发上来一次。正水深火热之时,门突然开了,进来的居然是陈默。

一口烟呛在宋平嗓子眼里,他猛烈咳嗽起来。

陈默僵在那里。我和我的女领导也僵在那里了。我这才明白,陈默是我女领导的老公,换句话说就是我的女领导是陈默的老婆……这真怨不得我,你知道的,我们和陈默虽然是朋友,可我们说过从不打听各自的私事。我们只聊做梦……陈默站了一会就出去了……昨天,昨天就……陈默死了……是我害死他的,我是凶手……二毛突然号啕大哭起来,和早上冷酷的二毛判若两人。

宋平有些困惑,如果陈默知道了二毛和他老婆的奸情,昨晚怎么还会和二毛、大头在一起喝酒?这里面肯定有时间逻辑上的误差。难道,二毛真的在做梦?

那边的哭声突然消失,二毛挂断了电话。宋平慌忙再拨过去,连拨两次,二毛都没有接,似乎二毛已经伤心得连接电话的力气都没有了。

大头的电话打进来了,也是一副口齿不清的样子。宋平弄不清二毛是不是和大头在一起喝酒的。

大头也发出一阵傻笑:屁牙,你知道当初我们为什么愿意和你喝酒……愿意和你做朋友讲梦吗?

为什么?宋平好奇地问。

因为我们是同一类人。

什么同一类人?

我们都是抑郁症患者,我们三个是在医院碰见的,我们聚了没几次,二毛就把你拉进来了。二毛说得没错,我们一看你眼睛里的恍惚劲儿,就知道你也是抑郁症患者……

宋平长长叹息一声。大头说得没错。那时吕丽刚刚消失了,如果没有碰见二毛他们,不通过讲述梦境的渠道发泄那些长久积压的灰暗,估计他早已经被现实压抑得彻底崩溃了。不过宋平不知道他们是不是真的有做梦,真实情况是他只做过一次,后来聚会时讲述的都是他通过梦境对现实的一种反抗……

但你其实不是,你眼里还有一种东西,类似一种隐隐的光,这说明在现实中还有什么东西在支撑着你,影响着你,并且这种东西在随后的交往中变得越来越明显,也越来越强大。你其实是一个伪抑郁症患者……大头的口齿一下子变得格外清晰。

你到底想说什么?宋平蒙了。

大头发出了一声冷笑:现在陈默走了,也许哪天我和二毛也会走,但你不再是我们的朋友了……大头决然地挂断了电话。

开往塔克拉玛干的火车

宋平再打过去,就像二毛一样,大头也再不接他的电话。他从一张沙发挪到另一张沙发,回想大头的话,他脑子一亮,难道是父亲?

无论宋平怎么否认,父亲已经在他潜意识里进行了一次全新的暴动与革命。如同父亲第一次给他送礼。

父亲第一次送礼给宋平让他非常意外。

那是什么?宋平打开门,目光落在父亲手里提着的类似保健品的东西。由于是第一次不空手,父亲有些不好意思:古汉养生精,我喝过,不错,就拿来让你试试,你最近的脸色可不太好。

宋平没有吭声。自从吕丽消失后,他整个人处于崩溃的边缘,不光脸色不好,还经常失眠,只能靠药物维持必要的睡眠。在睡梦中,他只做一个梦,就是在那家有水母墙的咖啡厅,他和吕丽相对而坐。吕丽永远做出一副倾听的样子,长发披肩,目光柔和,而他在永远地诉说着什么……

望着茶几上的古汉养生精,宋平心里还是感动,毕竟这是父亲第一次对他表示关心。谢谢啦,宋平说。父亲手一摆,一副无所谓的样子。

父亲走后,宋平觉得不对劲,他不相信父亲会真有这份心。他把包装盒打开,仔细查看,果真发现了:保质期还剩下不到一个月。宋平不禁怒火万丈,这样的保健品送给谁,都会遭人骂的。没有谁会干这样缺德的事。只有父亲。宋平提起保健品来就想扔到门口的垃圾箱,把门都拉开了,他又犹豫起来,他其实是一个爱惜东西的人,或许是和过去吃苦过苦日子的经历有关,上大学时,宋平经常没钱打菜,常常一块腐乳下饭。

既然舍不得扔,就只好自己用,毕竟也还没有过期,宋平按最大剂量喝,喝完最后两支,刚好到了期限。其实这东西还是蛮管用的,这一个月他明显觉得精神不错,不吃安眠药也能睡五六个小时。

古汉养生精喝完的第二天,父亲又上门了,手里拎着一瓶酒和几个饭盒。父亲把那瓶酒放在茶几上,说是三十年的茅台,今天就算是放点血。宋平从没有和父亲在一起喝过白酒,唯一一次喝得多点是在"水晶宫",还是红酒。

父亲把饭盒打开,又把酒倒上。宋平端起来闻了闻,酒香扑鼻。宋平一仰脖喝下。父亲也赶紧喝下,生怕自己吃亏了似的。父亲的小心眼刺激了宋平,宋平就像跟父亲争酒似的,不知不觉五六杯下肚。

父亲又给宋平倒了,一脸从所未有的怜惜,说,儿子,你有事。宋平已经有了醉意,但脑子却格外清醒,他望着父亲,父亲脸上的慈爱在上升,上升,升到了虚空之中……他突然意识到父亲其实一直在关怀着他,包括一次次频繁上门,包括陪他下棋,还有给他送营养品,只不过父亲的这种关爱不动声色,充满智慧……

他的眼泪下来了,他说起了吕丽。他本以为吕丽是他人生最重要的秘密,他永不会对任何人说。父亲的声音异常柔和:猜忌其实是情人间最大的敌人,当然,你们之间的关系已经胜过了情人,怎么说呢,就像遇见了另一个你。这里面一定有什么原因或意外发生。如果你还相信我,就信我一次,她不会无缘无故地离你而去……

开往塔克拉玛干的火车

19

床头的电话响起。他接了,那边响起一个娇媚的声音,问他做不做按摩。宋平四十多了,从没有叫过小姐。有时在外出差时经常接到这样的电话。他也曾经犹豫过一秒才把电话挂断。但那一秒不过只是他的好奇心罢了。

令宋平奇怪的是,耳边响起的娇媚声,如同在他身体里引爆了一串惊雷。他为自己的反应暗暗难堪而又吃惊。他不年轻了,欲望如同一只喘着粗气的牛,被他妥当地安置在身体的黑暗处一动不动。宋平弄不清这突兀而又格外强烈的欲望到底从何而来。难道是因为醉酒,陈默的死,现实的压力,吕丽的不辞而别,还有父亲的失踪……一切的一切共同形成了一种诡异的合力,让他悲伤、绝望、虚无、狂躁而又压抑的情绪,要通过最原始的欲望来排解?

握着话筒,宋平喘着气沉默着,那边等了一会,爆发出了一串湿淋淋的笑,说,那我过来了。

放下电话,宋平感到了一丝隐忧,晚上他去酒吧的时候就接到张磊打来的电话,说晚上回不去了,杨经理非要留他们在山上过夜,还说山上的夜景别有一番风味。其实这和宋平预想的一样,杨柳青绝不会错过把他们彻底搞定的机会,他甚至已想到明天下午的谈判桌上,张磊和小陈会巧妙地露出什么马脚,让杨柳青看到扭转翻盘的希望……而现在宾馆里就他一人,似乎又没什么好担心的了。

门铃响了。他把门拉开,门口站着的竟然是杨柳青。她化了浓妆,显出过分的妩媚与艳丽。

你……你不是在云龙山上吗?宋平张口结舌,酒一下子全醒了。

杨柳青眼里含笑,本来是在云龙山上过夜的,公司有事就提前回来了,既然回来了,就顺便来看看宋总。宋总,你这不是待客之道哟,把人堵在门口不让进。

既然她已经把他的底探出来了,堵在门口确实意义不大,还显出他的小家子气。他只是有些恼恨她用这种方式来试探他的不堪。宋平悻悻然把杨柳青放进来。杨柳青坐在沙发上,点了一根烟。宋平才意识到她也抽烟。

宋平问,那张磊他们……

放心好了,不是有我的员工在吗?一定不会亏待他们的。

那两个……真是你的员工?宋平讥讽了一句。

不是。杨柳青吐出一串烟圈。

没想到杨总如此坦诚。

不过,我杨柳青可是公司的真经理。杨柳青眨着眼睛说。

杨柳青从包里拿出一份资料来,宋总,这是另一家公司给我们报的价,其实这家公司的技术也是不错的,也完全够我们用,只是嘛,我们更想和你们公司合作……

宋平把文件接过来大致翻了翻,其实不用翻他也知道那家公司至少比他们少十个百分点。他佩服杨柳青做得巧妙,没有一上来就是脱衣服,而是拿出诚意把别的公司的标底透露给他,算是给足了他面子。他能做的也只有借坡下驴。

那你们的底线是多少?宋平反问道。

开往塔克拉玛干的火车

在昨天的基础上再加两个点。杨柳青把烟摁灭在烟灰缸里盯着宋平的眼睛说道。

宋平愣了。再加两个点,其实这也是他向齐总打了包票的。看样子他们前面把坑挖得太深了,杨柳青机关算尽,最终还是落在一个不深不浅的坑里。他突然觉得杨柳青有点可怜了。

你难道就没有想过,这样的报价我们公司也是完全可以接受的。宋平半开玩笑道。

想没想过不重要,这样的报价公司能接受也就够了,再说,我已经许下军令状,一定完成这次谈判。

能说说原因吗?宋平好奇地问。

杨柳青迟疑了一下说,也没什么大不了的,我们公司正在竞争副总,如果我能按公司的报价拿下来,可能性就非常大了……

宋平的目光从杨柳青那张狐媚的脸上往下移到她暴露的半个胸乳上,笑着说,凭杨经理这么出色的个人条件,也要如此拼命吗?

杨柳青也笑了说,我们老总是个女的,她可不吃这一套。

宋平哈哈大笑起来,笑得杨柳青有点坐立不安。宋平伸出自己的手说,行,就按你的意思办,就两个百分点。

这么简单?杨柳青有点不相信自己的耳朵。

就这么简单。宋平一脸真诚地说,杨经理要早能和我说实话,就不用搞得这么复杂了,你可以走了,就两个点!

杨柳青站了起来,她一点都不相信宋平的诚意,她开始脱自己的衣服。宋平望着一意孤行的杨柳青,意识到这是一个聪明的女人,更是一个愚蠢到极点的女人。杨柳青脱得白晃晃一片,她把宋平的手摁在自己的胸脯上。要命的是,宋平竟然感到她的胸脯一片柔软。他被自己的欲望牵着走了,就像丧家之犬躲避在临时住所……

完事后,宋平躺在床上看着杨柳青。杨柳青的妆花了,露出斑驳的底色,此刻看上去竟有些丑陋。穿好衣服,杨柳青一副心满意足的表情。她坐过来,低下头想亲吻一下宋平。宋平突然伸出手扳住了她的脸。她的眼睛里写满了疲惫与虚空。

是不是特别累?宋平说。

不,我一点也不累,还觉得快活。杨柳青讨好地说。

宋平感到绝望,为她,也为自己。他们的肉体之欢就像一个加速器,把他们推到更加遥远的距离,纵使喊破喉咙,也听不到对方只言片语。

杨柳青离开后,宋平陷入了更深的沮丧。他的手机发出叮的一声,是总公司前任老总现在的副总发给他的微信。微信里并没有说什么,只是一个有趣的段子。但宋平还是感觉到了他的催促。宋平回了一条微信,再给我一个星期。一个星期后,宋平一定给个准话。

近一个月前,前老总突然给他打了一个电话,说了自己的想法,他想重新搞个公司,拉宋平入伙。前老总的话说得诚恳,希望和宋平两人一起打出天下,毕竟能彼此信赖的人不多。宋平很感动,心思也活络起来,但还是有些犹豫,毕竟现在公司给的待遇不错。他想到了父亲,他突然迫切需要父亲的临门一脚。但父亲的电话打不通,给他发短信也没人回。由于一直联系不到父亲,他的心思完全乱了,便更加犹豫不决。

父亲失踪半个月后,他完全乱了阵脚。他已经习惯父亲隔三

开往塔克拉玛干的火车

岔五来敲他的门,来和他扯点什么。没有了父亲的日子,生活就像没了血色,变得一片苍白。开始他还嘴硬,但仅仅半个月,他时刻处于焦虑之中,惶惶不可终日。他开始猜想父亲真的出了什么意外,被上当受骗的人怀恨在心,然后被报复,绑架……宋平不敢想了。

当然,还有比他更慌乱的人,夏末。父亲刚没了音信的第二天,夏末就把电话打过来了,问他父亲在哪。他说不知道。夏末就去报了案。宋平当时还觉得夏末小题大做。自从父亲失踪后,夏末每天都要给宋平来个电话,询问他父亲和他联系了没有。面对夏末的失魂落魄,宋平想是不是父亲骗她的一百万,所以躲起来了。

半个前,夏末又打电话过来。宋平不忍心了,安慰她说父亲不会有什么事,说到底父亲还是一个骗子,可能是躲起来了,不要多想。夏末在电话里歇斯底里:他躲什么躲,就是他要骗"水晶宫",我都会毫不犹豫地给他,我还有什么好骗的。宋平听了目瞪口呆。夏末的歇斯底里让宋平真正惶恐起来,他突然意识到事情不像他想象的那么简单。那么父亲为什么会失踪,父亲到底在哪?一夜之间,他燎了一嘴的泡。

20

到了半夜宋平才睡着。他做梦了,梦见了父亲。父亲坐在他家的沙发上,叼着烟,还是那副满不在乎的样子。他问父亲他到底该不该辞职,该不该和前老总合伙干。父亲说,你辞职后害怕什么？宋平认真地想了想说，凭着过去的积蓄应该衣食无忧，害怕的就只有失败。父亲又问：那么假如这次失败对你意味着什么？意味着什么，宋平喃喃地重复着父亲的问话，看着父亲。父亲的目光变得异常宽厚、温暖。他的脑子一亮，如同一道闪电降临，他飞快地回答：失败意味着更大的自由，因为他没什么好失去的了，一切都是妄念……父亲也笑了……

宋平是被给父亲设的闹钟给叫醒的。他睁开眼睛，摁掉，正是早上十点。他的目光再次落在无声画面的电视屏幕上。上面的画面突然让他意识到什么，他调大了音量。电视上正播报本省新闻，报道说，一个变态色魔几天前落网，经交代，一共在省城跟踪、强奸妇女六人，致死五人，一年前的8月13日那次作案时，因受害人反抗激烈，强奸未遂，受害人窒息而死，并被凶犯沉尸于东湖……

宋平的心脏猛一阵收缩，8月13日正是他和吕丽失联的日子。画面展示了受害人的物品，一个红色"红谷"包，包里还有一块男式手表……当镜头拉近时，宋平认出是一块"浪琴"。失联前的一个星期，吕丽给他打电话说，想给父亲买块表。宋平说就买浪琴吧，高贵、精致、大气，并且不是太昂贵，起码我喜欢。吕丽说，那好，就买浪琴。宋平放下电话后，突然意识到吕丽是在给他挑生日礼物。几天前，吕丽问他生日是不是快到了。他说是，不过他从不过生日。吕丽笑了，不再说什么。他的生日是8月14日，由于和吕丽失联，他过了人生最为黑暗的一个生日……

父亲说的没错，吕丽果然是出事了，来不及给他送生日礼物，甚至来不及道别……而他在吕丽的突然失踪之时，内心充满了对她的质疑、猜忌和对这个世界的失望……

开往塔克拉玛干的火车

屏幕上还在说着什么,但那些声音无声无息,已经成为黑暗的一部分,他像被彻底掏空了,一动不动,成为最深的黑暗。好久,他的眼泪才下来。他开始号啕大哭……

宋平一边哭一边拨打着父亲的电话,一遍又一遍,终于,他给父亲发了一条短信:爸,你在哪……

绿皮火车

事情出来的两个月后,苏省坐上了开往"无常"市的火车。火车是绿皮车。他至少有十几年没坐过这样的火车。这些年出差,都是飞机或动车。购票时,穿着深蓝色制服的女售票员的目光从他深灰色的"迪奥"风衣落在他略显恍惚的脸上说,有四十多个小时的路途,先生,你确定要买硬座?苏省说,没错,硬座。

这是最后一趟绿皮车了,从明天开始,这样的绿皮车便作短途之用了,先生你是为了怀旧吧……购票的人不多,女售票员不知为何对他充满了好奇。苏省愣了,他不置可否地对女售票员笑笑,从购票窗口退出时,尘封已久的记忆隐隐散发出铁锈的气息……

苏省的座位紧靠车窗,坐在他对面的女人怀里抱着一个四个月大小的婴儿。女人脸色暗黄,目光空茫,深红色上衣隐隐印出两片月牙形的污痕。女人的视线同样落在了苏省身上,流露出一

开往塔克拉玛干的火车

丝迟疑,当她注意到苏省正在打量着她时,神情顿显慌乱,她低下了头,把怀里的婴儿摇了摇,嘴里发出哄孩子睡觉时无意识的低语。孩子睡得正香,双目紧闭,小小的眉头也拧成一团,巴掌大的脸竟然有几分皴裂。女人的旁边坐着一个十七八岁的学生,他嘴里机械似地嚼着口香糖,把背包倒背在蓝白相间的运动服前,眼睛一刻也没有离开过手机。

苏省坐下来不到十分钟,就响起了陌生而熟悉的汽笛声。随着火车一起开动的,还有变得闷热起来的空气。半个小时后,当方便面的气味在车厢里四处飘散的时候,苏省的嗅觉完全醒过来了,他嗅到了汗液酸臭的气息,青菜叶子腐败的气息,隔年灰尘的气息……当然,还有卑微与贫穷的气息……

苏省不饿,自从在"静安寺"静心一个月后,他几乎对所有的食物都失去了起码的欲望。他们这个静心班,在静安寺没有主食甚至斋饭,只有水和半个苹果可以食用,差不多算得上"辟谷",其余的时间都用来打坐与练气。那一个月里,他丝毫没有半点饥饿感与不适,他唯一感到的是腹腔里流动着的元气与格外轻盈的身体。

列车员第二次推着小车过来时,苏省禁不住要了一包桶装康师傅红烧牛肉面。苏省曾经暗暗发过誓,他再也不吃这种东西,上大学及刚工作那几年,这种东西占据了他肠胃的大半个江山,后来,他闻到方便面的气味便忍不住作呕,连神经都抽搐成一团。

苏省略显庄重地把方便面摆在自己面前的小桌上,对面女人的目光里有了一丝惊疑,看到苏省无意瞥过来的目光,她的视线顿时被一只无形的沙袋压了下去,但她还在挣扎着什么,目光死死盯着苏省左腕上那只黑色的"劳力士"手表。苏省突然意识到他忽略了对面女人的见识,顿时感到手腕处像被一只无名的小兽咬了一口似的,隐隐作痛,一种奇异的羞耻竟然从他心里浮现出来。他不动声色地用风衣的袖子遮住了那只"劳力士"手表。

苏省去车厢的接头处接水时,发现几乎所有乘客的面孔都被一种灰扑扑的东西覆盖着,流露出一种看得见的疲惫与麻木。重新坐回座位后,对面的女人已经开始了晚饭,她吃的是一种类似卷饼的东西,中间还夹有一截白得炫目的葱白。或许,她连方便面都舍不得买。苏省脑海里突然蹦出这个念头,这个念头如一根纤细的针,扎在苏省神经的某处,一种水质般的痛楚在苏省全身蔓延开来。对面女人注意到苏省探究目光里的奇怪的温情,她像被什么吓住了似的,仅剩的一点食物噎在她的喉部,她终于把食物又咽了下去,但不可避免地打起嗝来。嗝声让她暗黄的脸上浮现出暗红色的羞愧来,她把头完全低下,低给怀中的婴儿,好像她的嗝声似给婴儿送来的怪异的歌谣。苏省感到了罪过,视线落在面前已经泡好的方便面上。

揭开纸盖,一种清晰的饥饿感如从梦中醒来,瞬间便紧紧攫住了他,如同他人生第一次泡好方便面时散发出的那种垂涎欲滴。他呆住了,曾经的感受与记忆如同一位昏庸的君主,生生地愚弄并欺骗了他。他曾经的誓言不过是摆脱贫穷与卑微的执念罢了。而现在,清晰的贫穷与卑微如同一根垂下来的绳索,把他从绝境般的深井里拯救出来,并让他深怀感激。

他把方便面吃得一根不剩,连汤汁也喝得干干净净。温润的肠胃让他得到一种安适的满足感,他用纸巾擦了擦额头上的汗,感到闷热得厉害。他这才注意到车窗完全关闭着。他站起来,刚要

161

开往塔克拉玛干的火车

拉下车窗时,又猛然意识到什么,他看了一眼对面女人怀中的婴儿,迟疑着说,我把窗户打开可以吗?面对他的询问,对面女人的目光一下子又变得慌乱,但她在慌乱中点了点头。

拉下窗户,外面的风呼呼地涌了进来,风并不硬,扑打在脸上如同软缎,他在惬意的同时,又觉得庆幸,但他对面的女人还是小心翼翼地用蓝色印花小被的盖头遮住了婴儿的脸。

外面正是黄昏,滑动的树林与田野被金黄色的光包裹着,燃烧着……他抽动着鼻翼,嗅到了新鲜泥土的气息,他纤细的神经甚至隐约之间感触到震颤着的虫子的鸣叫,还有一种莫名的芳香……那种芳香既陌生而又熟悉,而他身体深处,如同一个提前到来的夜,被铁轨发出的咔嚓声越拉越长……二十四年了,他低声喃喃着,把脸定格在窗外,外面是继续后退的树林与田野,以及后退的世界与时光……

二十六年前,他第一次坐绿皮车。当他走进当时还叫"无常"县的火车站时,看见了她。袁静穿着一个白色圆领衫,裸露出白天鹅般的脖颈。袁静也看见了他,张了张嘴,最终还是向他挥了挥手。他注意到她放下手臂的同时,马尾辫不自觉地甩动一下,一道阳光在上面闪闪发亮。

他的脸红了,他预感到她会来送他。这也是他拒绝家里人送他的缘由。现在正是农活季节,我一个人就行。几天前的黄昏,他放下手里的柴,扭头对着父亲说,炉火把他的右脸照得熠熠生辉。父亲坐在幽暗处,吧嗒着冒烟。父亲没说话,一直没说。

那口深蓝色的帆布箱子放在他的脚下,而他和她静静地坐在一张长椅上。一个小时后,一辆只停靠三分钟的火车会开往北京。那是他的去处——北大。"无常"县五年里只出了他这一个北大生。而她,考上的是省里的师范大学。

他还是不敢看她。他望着前面的铁轨,铁轨一直在向前延伸,延伸到目光的尽头,他的憧憬与远大前程也在目光的尽头。他的右边脸在发烧,那是他的余光,捕捉着她明亮与黯淡的影像。他坐着一动不动,就像一座沙丘,而她轻微的呼吸,如同奇异的风,他感到自己的流泻与无力……

她是高二插到他们班的。他也是从高二开始能吃上食堂的菜的。整个高一,他都是馒头就咸菜。他知足了。初三毕业的时候,父亲的意思是不让他上了。他初三的班主任来了,给他父亲整整做了一下午工作:老苏,我知道你家里困难,需要苏省这个劳力,但苏省中考的成绩不光是全县第一,在全省都能排在前三……他父亲垂着头,吧嗒着旱烟,一言不发。班主任急了:老苏,你得为孩子的前途考虑,他是读书的料,有什么困难,我给县里的一中说……父亲的身体抖动了一下,但头垂得更低了……他就在隔壁的灶屋,班主任断断续续沙哑的声音,一点点沁入他死灰般的心境,他感到一束模糊的光,扑打在他眼前……

黄昏了,班主任失望地走了。而他,也是在黄昏的时候,跪在了父亲屋子的门槛前。他一言不发,但谁也拉他不起。他一直从黄昏跪到第二天凌晨。父亲的门开了,看见了跪着的摇摇晃晃早已麻木的他。起来吧……父亲发出了一声长长的叹息。他的眼泪下来了,他知道父亲同意了。

他和她同桌。一个月过去了,他不和她说话或者从不主动和

开往塔克拉玛干的火车

她说话,她父亲是县里的粮食局局长,这是一条更深的鸿沟,让他本能的躲避。一个半月后的课间时分,她把一张白纸推给了他。他拿起白纸才发现下面是一叠菜票。他拿起菜票看了一眼,然后像被烫伤似的又推给了她。她又固执地推给了他。

你干什么?他浑身哆嗦着,更哆嗦的是他的语气,敏感而愠怒。

借你的。她轻轻地说,用手抚了一下自己的头发。

我没法还。他实事求是地说。

以后还。她又抚了一下自己的头发。

以后是多久?他把脸整个转向了她。

以后就是以后。她也把脸转向了他。窗外投射进来的阳光投射在她的左脸,那张半是明媚半是晦暗的脸上有一种格外真实的东西。他慌忙转过脸,更慌乱地是他的内心,他体内的怒气已消失殆尽,一种全新的虚空禁锢住了他……

中午,他最后一个去食堂打饭。纵使身后没有任何人,他把饭盒伸出窗口时,还是感到了不安与羞耻。他来晚了,他本想打五分钱一份的冬瓜汤或一毛钱一份的土豆丝,但都卖完了。只剩五毛钱一份的白菜炒肉。

要吗?最后了,我可以给你多打半勺。打菜的胖女人语速飞快,患有甲亢而凸出的眼球放射出一种咄咄的光。他无法招架她审视般的目光,胡乱嗯了一声,抽出五张一角的菜票。胖女人果真给他多打了半勺,他端着沉甸甸的饭盒落荒而逃。

出了食堂,他蹲在两座教学楼之间僻静的幽深里,开始了午饭。他咀嚼的声音,让他自己都难堪,好像整个天空与世界都成了他巨大无比的胃。他多久没吃过猪肉了,四个月,还是半年?他还记得年初过年的时候,父亲割了半斤猪肉,他没动,一块都没夹,光是它的香气几乎都让他承受不住,那是魔鬼的味道,只能勾引出更深、更绝望的痛苦。他望着弟弟、妹妹那贪婪的眼神与颤动的嘴,心缩成一团,如一只抖动的刺猬。此刻,他又感到了痛苦,却像幸福本身。他终于停止了咀嚼,望着前方。前方是裸露着的阳光,无数的尘埃在其中飞舞……

以后到底是多久,他不知道,但他慢慢习惯接受她对他物质上的帮助。他还开始习惯对她的关注。他不好意思当面看她。他总是在他身后或某个角落默默注视着她。他最喜欢看她的脖颈,白皙而修长,高贵而矜持,那是公主才该有的脖颈……

他唯一能暂时回报的就是给她讲题。别的同学也问他题,他也讲,但对她,他讲解题的思路,还讲可能要加强的某些章节。她认真地听,听完,眼睛里波光流动,几乎可以掬起一个湿淋淋的笑……

我欠你的,以后一定还你。他在沉默中体会着这两年她对他的好,终于说道。

谁让你还。她在他的余光中微咬着自己的嘴唇,语气里有一种陌生的赌气与小小的霸道。

他其实并不完全吃惊,他把脸转向了她。她的脸微微有些发红,她站起身,快步向一边走去。五分钟后,她拎着一网兜苹果回来。路上吃。她轻轻地说。他垂下头,一个个红苹果碰触着他低矮的目光。他第一次吃苹果,也是她给他的,那也是一个红苹果,孤独而幸福地躺在他课桌的抽屉里。

开往塔克拉玛干的火车

火车远远地来了。他慌忙站起来,她慢慢地站起来。她向他伸出了手。他迟疑了一下,也伸出了手。她的手微凉,柔软,他第一次握,他的意志瞬间融化在说不清的战栗中。

你会给我写信吗?她说。

会,一定会。他脸上的肌肉抽搐了一下。

我也会给你写信。他几乎听不清,火车的轰鸣声越来越近,他望着她,她的眼睛大大地睁着,就像能把他全部容纳……

夜就要来了,苏省却把目光从窗外的黄昏抽了回来,就像从记忆中退出来似的。

对面的婴儿发出几声响亮的啼哭,当对面的女人把提前准备好的奶瓶塞进他的小嘴时,他的哭腔顿时变成了吞咽奶水的呜咽声。婴儿吃完了奶,咧嘴笑了,乌黑的眼睛清亮得几乎透明。苏省不由看呆了。他喜欢孩子,但吕丽无法生育,他们结婚十几年来一直没有孩子。他曾想领养一下,起码给父亲多少是个交代。但吕丽不同意,吕丽的理由简单而粗暴:不是亲生的,养也白养。他拗不过吕丽,吕丽的霸道不仅仅体现在家庭生活当中,从他认识她那一刻起,吕丽就完全把自己的意志凌驾他之上。

对面的女人变得局促不安起来,身子在座位上来回扭动了几下,她最终把脸扭向身边的学生。学生的注意力还在他的手机上,苏省这才注意到学生根本没有吃晚饭,或许那只手机就把他"喂"饱了。学生左脸上的一颗青春痘泛出白色的脓点,使他青春气息的脸显出了几分真实。

能帮我抱一下孩子吗,我想去趟厕所。女人操持着家乡的土音。学生像是没有听到,眼睛继续深陷在手机的屏幕里。女人又说了一遍,声音变得干涩、拘束。学生终于转过脸来,但他只是望着女人,脸上是茫然的神情,好像全部神思还在手机里的虚假世界停留。

给我吧,我帮你抱。为了缓解女人的难堪,苏省主动说道。女人把脸转了回来,眼睛几乎在眼眶里跳动了一下,但她像被一种东西禁锢住了似的,整个人僵在那儿不动。没事,给我吧。苏省又说了一遍。女人终于被他的真诚打动,舔了一下发干的嘴唇,哆嗦着把婴儿递给了苏省。

苏省一手托着婴儿的腰,一手扶着婴儿的背,抱得妥帖而得体,他其实有这方面的常识。婴儿并不认生,不哭也不闹,只是用乌黑的眼睛定定地望着他。一种柔软东西在苏省体内流动着,他笑眯眯地瞅着婴儿问:小家伙,你看什么呢?婴儿还是定定地望着他。

当女人重新回到座位上,婴儿突然对苏省笑了。苏省激动了,他对着女人说,你看,小家伙对我笑呢。女人也笑了,她说,他能感觉到谁对他好呐!

男孩对吗?

是呀,男孩。女人的声音高了一度。

我能再抱会儿吗?我喜欢孩子。苏省几乎是央求的语气。

噢,当然可以,给你添麻烦了。女人的语气里竟然有一种欣喜。

婴儿还在对着苏省笑,并扭动着小小的身子,突然,婴儿一偏头,吐起奶来,正好吐在苏省的胸口处。苏省身子不敢动,由着婴

开往塔克拉玛干的火车

儿吐,右手小心翼翼地拍着婴儿的后背。对面的女人吓坏了,脸色变得煞白,她几乎是把孩子一把夺了过去。婴儿发出了响亮的啼哭。但女人顾不上孩子,只是一个劲给苏省道歉。苏省说,没事,真的没事。

我知道你那件衣服很贵,我可赔不起。女人发出了哭腔。

不就是一件衣服,有什么好赔的,相反,我倒觉得有趣。苏省对着婴儿扮鬼脸。婴儿被苏省装扮的"狐狸"吸引了,定定地望着他,停止了啼哭。

苏省用纸巾把胸口处的奶汁擦去,一抬头正看见女人那张惊魂未定的脸。一种说不清的酸楚让他发出一声低低的叹息,他把纸巾放在了鼻下,一股奶腥气及淡淡的奶臭味在鼻腔里弥漫开来。他有些神秘地笑了,望着女人笑。他戏剧性的举动让女人愣了一下,她也笑了。她真正平静下来了。

夜深了,对面的女人靠着靠背睡着了,但她下意识里把怀中的婴儿仍然抱得很好,婴儿也睡着了。苏省起身把车窗完全关上了。学生打了个长长的哈欠,终于也闭上了眼睛,但他仍然把手机死死捏在双手中。苏省无意中碰到了上衣口袋里的手机,它像个死物,硬生生地梗在那儿。它一直处于关机状态。

去静安寺静心时,首要的条件就是把手机交给寺院保管。一个月后,当他打开手机时,里面是吕丽打过来的上百个电话及短信。他没回,也没看短信,一切都是徒劳,但他能清楚感觉到吕丽的气急败坏,甚至怒不可遏。

苏省是在交通厅工作六年后遇见吕丽的。那时的他正处于人生的无望期。工作六年了,他还住在单位的集体宿舍里,那时北京的房价虽然不是很高,但对他来说仍然是个天文数字。职位也不过是一个小小的科长。更要命得他还背负着家人及村里人对他的期望,以为他在北京已经混出个人样呢。只有他自己清楚地知道,他名校毕业的光彩对他来说就像一个莫大的讽刺,如同一根点燃的火柴掉进了冷酷现实的臭水沟里,连滋一声都没就彻底熄灭了。贫穷倒在其次,那无尽的卑微几乎要把他埋进土里。

苏省去厅长家送文件。厅长刚出差回来,并没有来办公室,但一份文件急等厅长批阅,他只好给厅长打电话,厅长让他送家里来。苏省是工作三年后成了半个厅长秘书。当厅长专门指定他给自己写材料时,同事不免私下里说他的机会来了。他感到惶恐,他害怕厅长。不光他怕,单位的人几乎都怕,就连和厅长同级别的书记对厅长都礼让三分,党组会让他先说,举荐干部先看他的态度。厅长其实对人温和,不像书记有时没来由地乱发脾气,他不发,但他温和的背后总是还站着什么,如同他不怒自威的神情里有一种超俗的气度让人不敢造次。更让单位的人敬畏的是厅长的背景,说得玄妙莫测,只能意会,不能言传,这让苏省更加敬畏。

厅长从不批评他。他见过厅长批评下属,甚至皱着眉给书记提过意见。他批评下属时也仍然是温和的语气,不急不躁,慢条斯理,像是启发,更像是引导。被批评的下属无不幡然悔悟,痛心疾首,甚至痛哭流涕……但厅长也从来不表扬他。他给厅长写的材料与讲话稿都是经过用心揣摩反复打磨。每一个词都是厅长的惯用词,每一句话都显示着厅长本有的立场与气度,纵使每一个句子的长短都和厅长的停顿、换气紧密契合,透着入骨的妥帖与舒展

开往塔克拉玛干的火车

……当厅长在大会上发言的时候,他不禁阵阵恍惚,厅长的发言那完全是属于他自己的,属于他的高度,属于他的节奏与禀性……他,最终把自己写没了。当他每次把材料递给厅长时,心里总是习惯着忐忑。而厅长看完后,总是习惯地微笑,厅长微笑着说,我再看看吧。苏省出去了,但还在仔细体味着厅长的微笑,他觉得那应该是厅长的表扬,但又琢磨,又觉得那微笑有些宽泛,有些虚浮,表扬又变得似有似无,若隐若现,最终他有一点气馁,但随之而来的便是漫无边际的紧张与紧迫……

厅长住四合院,在书房里接待了他,厅长脸上挂着习惯性的温和的笑,并说他辛苦啦。苏省又开始习惯性地浑身发紧。厅长让他四处看看,他从书房里退了出来,正好遇见保姆,保姆连茶都没有给他倒一杯就出去了,他只好局促地坐在沙发上,等着厅长批示文件。

你是小苏吧?一个女人进了客厅说道。

苏省站了起来,女人很年轻,一个精心修饰过的脸显出几分妩媚,但她的目光很硬,如北风般刮过来,苏省觉得气突然不够用,他张了张嘴,没能吐出一个字来。

你坐。女人肆无忌惮地打量着他,如同打量着一件物品。苏省被她看得手足无措。

你有点土气,但还是蛮英俊。女人的目光变得柔和,甚至有一种奇怪的欣喜,她给苏省倒了一杯茶。

女人的评价让苏省尴尬得很,他像是自嘲似的笑笑,但那笑干巴得厉害,如同灰尘般又扑簌簌落在地上,露出更深的难堪。

你还蛮可爱。女人咯咯地笑了起来。

和吕丽认识后,她便经常来找他。有时甚至会到单位。吕丽就像一道蛮横的洪水轻而易举便淹没了他,他在一种窒息感中又隐约看到一种模糊的光。他不知道他和吕丽之间的交往厅长会持什么态度,他每次到厅长办公室送文件时,总想捕捉到什么,这样,也好知进退。但厅长稳如泰山,看不出丝毫异样。

异样的是他的同事和直接领导。吕丽第一次到单位找他时,正好宣传处处长也在。处长一眼认出吕丽,满脸堆笑,腰都不由自主地弯了弯,他殷勤地问,哪阵香风把吕大小姐吹来了?找厅长吧,我带您去!吕丽翻了他一眼说,我不找我爸,我就找你们处的苏省。处长的下巴都要惊掉了,脸一下子变得苍白。看到苏省从办公桌上抬起头,吕丽有些夸张地向他挥了挥手,笑得花枝乱颤。苏省的脸一下子涨得通红,因为同事们都在惊疑地望着他,就像捕捉到了他隐藏在心底的那丝欲念与模糊的光。苏省向处长请假,处长说请什么假呀,赶紧去吧。临出办公室时,吕丽还大方地挽住了苏省的胳膊,苏省路都不会走了,但他更不敢回头,他知道背后一定是同事们更加愕然的目光。

吕丽来单位找他的第三天,处长就单独请他吃饭,去的还是"全聚德"。处长首先给自己倒满,话说得更是真诚:小苏啊,我希望你能体谅我的难处,我得一碗水端平啊,虽然你现在是厅长的半个秘书,但也让人嫉妒呢,不过放心好了,我现在心里有数。苏省懂处长话的意思,虽然他专职给厅长写材料,但人还在宣传处,处长每次把别的活拿来总是商量的口气,问他有没有时间,如果和厅长交代的有冲突,他就找别的同事。处长毕竟是他的直接领导,县官不如现管的道理他懂,不就是多干点活嘛,这些活得累与他上大

开往塔克拉玛干的火车

学时吃的苦比简直不值一提。他从不拒绝。他的实在是全处出了名的,当然,他的傻也是全处出名的。但谨小慎微的他只能装傻,佯作不知。苏省也把酒倒满,谦虚地说,多谢这些年处长对我的栽培,更感谢您把我举荐给厅长。处长没想到苏省会这样说话,全单位的人都知道是厅长亲定的让苏省给他写材料。处长激动了,又给自己倒了第二杯。

　　处长说有数,便真的有数。处长不再给他安排任何别的事、别的活,如果有同事由于工作上的事找苏省帮忙,处长遇见了,还会数落那些同事。更让苏省意外的那些同事并不辩解什么,只是笑,心领神会般的笑。处长虽然没有明说,但处长旗帜鲜明的态度告诉处里每个人,现在的苏省是厅长的全职秘书,他只对厅长负责。苏省去卫生间的时候,看见同事们聚在一起闲聊的时候,他的耳朵总是变得又尖又长,还好,没有什么人在背地里议论他,取笑他。相反,他再也不用每天早上去打开水、去拖地,这些活总有人抢在他前面干,同事们还开始和他交心,把他当作朋友,遇事征求他的意见。苏省终于感觉不一样了,就像从卑微的虚土里探出头来。

　　和吕丽交往的过程对苏省来说就是开眼界的过程,还是梦幻的过程。吕丽带他出入各种高档场所,去听票价数百元的演唱会、音乐会。吕丽几乎所有的东西都是名牌,吕丽出手阔绰得几乎令苏省窒息。她从不让苏省给她送任何礼物,其实苏省也送不起,那时的他还承担着妹妹的大学学费。吕丽喜欢给他送礼物,金利来皮带、古驰手包、罗蒙西服……吕丽给他送东西的时候,显得轻描淡写,但也有着不容拒绝的气势。他只好接受,但吕丽送的东西,他从来不穿、不用,全部装进那口已经破旧的帆布箱子里,但他会时不时打开,会时不时看。吕丽也从来不会问他为什么不穿不戴,好像她记不得送给苏省什么东西似的……吕丽除了个性强势,人还算不错,直爽、简单,是那种不需要在现实中算计的简单。

他和吕丽相处半年后,一起去了一趟河北承德山庄。晚上回到宾馆时,吕丽只订了一间。吕丽裹着白色浴袍从卫生间里出来时,只用嘴向卫生间"呶"了一下,他便进去了。当他从卫生间出来时,吕丽正跷着二郎腿喝着红酒,看着一脸拘谨的苏省,吕丽笑了,笑得有些不屑,她把杯中的红酒一饮而尽,然后把浴袍脱在了原地,整个人闪着莹莹的光咄咄着过来。那几乎是苏省第一次见女人的身体,他脑海里一片空白。吕丽用手摸了摸他的胸口,她的手指有些凉,就像一把利刃插在了那儿。

和吕丽有了实质性的关系后,吕丽把苏省带回了四合院去看她父亲——厅长。厅长主动给苏省续了一道茶,沉吟着说,小苏不错,不错嘛。厅长不再说什么,只是意味深长地看着苏省。不错是什么意思,这会儿,苏省真正有些糊涂了,但厅长的隐忍不发如一把无形的利剑悬在苏省的头顶。苏省感到一阵不寒而栗。

和吕丽领了结婚证的当晚,厅长专门下厨做了两个菜,在家里给他们庆贺。厅长端了酒,脸上的温和一下子清晰了许多,也明亮了许多,他对苏省说,小苏啊,咱们现在是一家人啦,以后用不着像过去那么拘束了。吕丽说,对,称呼也该改改,喊爸……厅长笑眯眯地说,是呀,得改,在家里是该喊爸。苏省在吕丽的催促下终于喊了,他有些哆嗦地说,爸,厅长……

凌晨五点的时候,苏省睡着了,六点,苏省和太阳一起醒来,刚

开往塔克拉玛干的火车

刚升起来的太阳新鲜而蓬松，在田野尽头的地平线上发出丝丝震颤。其实颤动的是隆隆的火车。对面的座位已经空无一人，难道女人已经下车，他在睡眠中隐隐记得火车停了一小会。不知为何，苏省心里竟然有一种莫名的怅然若失。苏省把窗户拉下一半，田野便也醒来了，输送进来新鲜泥土的气息，还有一丝莫名的芳香……

  到了北大的一个星期后，他和同学一起去了天安门，同学们都进了在故宫，他没进，故宫要买票，而天安门不用。那时每月还有助学金，但他计划着一分都不乱花。他已经欠家里三年了，他是家里的长子。自从母亲生下妹妹后，母亲的身体就不行了。他刚上初中，母亲彻底瘫在了床上，家开始摇摇欲坠。这一切，都得他来承担。
  大学四年，他没有回过一趟家，他舍不得路费，更舍不得时间。他没有爬过长城，逛过颐和园……只要是北京费钱的景点他一个都没有去过。大一的第二个月，他就开始带家教，放假了，他在学校的培训部教英语。大一下半学期的时候，他带了两份家教，到了大三，又加到三份，他心里憋着一口气，憋得生猛而又持久，他知道那口气不敢软，更不能散，如果他撑不住了，家也会跟着垮掉。虽然他对人和善，但他在学校里没有朋友，他总是来去匆匆，上课，去图书馆，臭汗满身挤公交奔赴在家教的路上……他其实是没有时间交朋友。他当然知道同学们都在背后嘲笑他对自己极度的刻薄与节俭，他不在乎，或者说没时间与精力在乎。无论再忙、再累，他的学业一点都没有耽误，每学期的一等奖学金他必拿。他最有成就感的时候就是每月去邮局给家里寄钱。在汇款单上他用正楷一笔一画地填写邮寄地址,等他拿到收据时,他不由长吁了口气,他知道母亲的药钱有了,妹妹在县一中的生活费有了,当然,或许家里别的意想不到的开支也可能有了……他痴呆呆地站在原地,脸上浮现出红色,想象与自豪……玻璃后面的马尾辫营业员没有嫌烦他挡住了后面办业务的人,只是好奇地瞅着这个越来越熟悉的一身土气的年轻人……

大学四年,他源源不断地收到袁静写来的信,那些信成了他唯一的慰藉与奢侈的幸福,每封信他都阅读不下十遍。快假期时,袁静都会在信中问他回不回来,接到他的回信后,袁静没有在信中流露出失望,只是让他多加强营养,多保重。开学后,他便收到弟弟寄来的信,弟弟在信中说袁静到他们家了,还拿着东西。此后每个假期,袁静都会去替他看望他的父母,袁静的善解人意和心地善良如越滚越大的雪球压在他的心底,他欠她越来越多了,估计这生都无法还了。

大学毕业后,他都没能回趟家,直接到交通厅上班了,他本想着把一切都打理好,给家里一个交代,更给袁静一个交代。那时,袁静已经分到了无常县城当老师,还是他的母校一中。

袁静工作两年后的一天突然给他打了一个电话,她在电话里说她想到北京看看他。再不见你一面,我怕我都认不出你了……袁静咯咯地笑着,语气仍然轻描淡写。他只能慌乱地答应。但他远远没有把一切都打理好,他那种想把袁静调到北京工作的幼稚想法不到一年就彻底破碎了。工作第二年的时候,他差不多已经彻底认清了现实,他的努力不过是扬起的一把尘埃罢了,一阵风过

开往塔克拉玛干的火车

后,什么都不会留下。他和袁静之间再无任何希望可能。他之所以没有和袁静明说,更像是自我麻醉与自欺欺人。但现在袁静要来了,他得去面对。

第二天,他给袁静回了一个电话,他慌慌张张地说,上面派他到杭州去出差,得一个月,等他出差回来再说吧。袁静保持着沉默,他也保持着沉默。袁静在沉默中挂断了电话,他的眼泪下来了,他意识到他和袁静之间的美好恋情就这样在沉默中结束了。当晚,他一个人在宿舍,他几乎喝下去一瓶白酒。

他结婚一年后,才从无常县城传来袁静结婚的消息。他心里蓦然一惊,小城的人一般结婚都早,不用说,袁静之所以没有结婚,是对他还没有完全死心,或者已心如死灰,但这四年来,袁静一次都没有再来打扰他。他感到自己对袁静的罪孽深重……

晨光变得明亮而锐利起来,火车也开始了提速,树林在急速地后退,明晃晃的光与明晃晃的阴影让他一时无法适应,他把脸又转回到车厢里,对面还是空着,但他看到对面的女人抱着婴儿在走道里出现。女人坐下来时,注意到苏省正盯着她看,脸上有一种奇异般的欣慰,她觉得纳闷,脸上抽出一丝缓缓地笑意。婴儿也醒着,一脸吃饱后的满足,正用乌黑的眼珠盯着他看。苏省立马猜测到女人去厕所里奶孩子了。这是一个有教养的女人。他还记得第一次坐绿皮火车时,车厢里也有一个女人带着婴儿,婴儿哭了,她就径直撩起衣服,用鼓胀胀的乳房堵住了婴儿的嘴。那几乎是他第一次见女人的乳房,他觉得羞耻,半边脸都发起烧来。唯一坦然的是那个女人,一副麻木不仁的表情。好在她的路途近,半天后,她下了车,他才算是彻底恢复平静。

小家伙又在看我呢,我在他眼里估计是一头怪物。苏省笑着说道。

别看他小,好奇心重哩。女人解释着说。

婴儿很快又在火车的隆隆声中睡着了,而女人拿出了卷饼开始了自己的早饭。看着苏省饶有兴趣地望着她手里的卷饼,她把手里的卷饼扬了一下,但她很快又打消了念头,迟疑着斜倾下身子。

女人的用意他瞬间懂了,他说,给我来一块可以吗?女人几乎是惊喜地望着他,把整整一张卷饼一股脑塞了过来,接着便是一截葱白。他把葱白夹好,吃得缓慢而小心,就像咀嚼着初中头二年那段艰难而困窘的日子。那其实是多么让人怀念的日子啊,他的青春,他流动着能真实碰触到的生命都在那儿呢……他不禁一阵伤感。

苏省吃完手里的卷饼,女人问他够吗?真的吃好了,谢谢了。他由衷地说。女人被他真诚的谢意所感染,整个人变得舒展起来,她笑了,笑得坦然甚至有几分满足。

你这是带孩子回老家?苏省终于问道。

孩子的奶奶病了,我回去照顾。女人的声音变得低沉。

你在北京打工?

是呀,我和孩子他爹一起在一家工地上干活。你也在北京吧?女人小心翼翼地问道。

苏省点了点头。

也是回老家?

开往塔克拉玛干的火车

算是吧。苏省迟疑了一下说道。

女人不再发问,苏省也不再说话。女人的手机响了,女人对着手机讲着什么,他的手不由下意识地碰了一下口袋里的硬物,手机静静地躺在那里。

他和吕丽结婚不到半年,厅长平调到别的部门当厅长兼书记。这多少让苏省有些失望,厅里的人都现实得很,更知道人走茶凉的道理。吕丽宽慰他说父亲调到别的部门,反而对他好,再说,新来的厅长也是这条线上的人,和她的父亲也有交往。苏省对吕丽的话半信半疑,但事实证明吕丽的话充满玄机。新来的厅长对苏省颇为赏识,当年年底苏省便被提为副处,两年后,又破格提为正处。当单位公示他正处的时候,他说不清心里是什么感觉,但他知道曾经隐约看到的那束模糊的光变得透彻而清晰。

当上正处后,一种东西在心里涌动着,他急于想证明什么。当厅里接到建国路的重大建设项目时,他主动请缨。他急,好像厅长更急,在党委会上,厅长名正言顺地把项目的负责人定给了他。散了会,厅长把他叫到办公室,也是一种习惯性温和表情,他语重心长地拍着苏省的肩膀说,好好干,你不会让我失望。

苏省果然没让厅长失望,那一年,他几乎吃住都在工地,吕丽发好几次脾气,他才回趟家,然后又匆匆赶回。他的付出是值得的,项目结束后,各项荣誉接踵而来,有市里的,更有部里的。在单位的庆功宴上,所有的厅级领导轮流给他敬酒,他能干,有魄力,更有开创精神。在酒精的作用下,一种东西从脚底升在胸腔,并在那里久久停留,他感觉到了,那是他的尊严与自信。

庆功宴开完后的一个月后,他被调整到二处当处长,二处是厅里的核心部门,一年过手的资金以千亿计,更重要的是,单位副厅级干部的选拔与任用一般都是从二处开始考察的。他在踌躇满志的同时,不免对厅长的知遇之恩充满感激,但厅长还是温和的表情,只是让他好好干。临出办公室时,厅长又若有若无地补了一句:别光忙工作,有空去看看岳父。

厅长的话让苏省摸不着头脑,他和吕丽结婚后,就住在四合院里,他记得他曾经给厅长说过,难道厅长忘了?回到四合院,岳父已经给他在家里摆上了庆功酒。他负责的项目获得成功及荣誉,岳父不闻不问,他当上二处的处长,反倒摆了。岳父开了一瓶茅台。那几乎是苏省第一次舒展地坐在岳父与吕丽面前,并且一种东西固执地在心里作祟,他先给吕丽敬了一杯,说他近一年忙得脚不沾地,真是委屈她了。苏省巧妙地把话题又引到他做的项目上。吕丽笑嘻嘻地说,咱家阿省能吃苦呢。苏省愣了,他搞不懂吕丽为何要这样评价他,但吕丽的笑意里明显有一种隐喻般的所指。他看着岳父。岳父批评了一句女儿说,吃苦有什么不好,真是的,这就是阿省身上最可贵的品质……苏省的喉头滑动了一下,他等待着岳父后面的话。但岳父突然不说了,慢悠悠地饮下小半盅茅台。

那其实是一顿醒脑酒。岳父的欲言又止和吕丽的意味深长的微笑,让他越喝越清醒。是啊,项目实在做得太顺了,那些多难以协调的部门他竟然迎刃而解,就像背后有一只冥冥之手推动似的。一瓶茅台快喝完的时候,他恍然大悟,所有的一切不过是把他合情合理地推到二处处长的位置,这是岳父的意思,还是厅长的意思,总之是他们那条线的意思吧,与这些相比,他的才干简直不值一提。吕丽又和他碰了一下,今晚,她一点也没少喝,一杯接着一杯地陪着苏省。与苏省赤红的脸不同,吕丽仍然白净着脸,喝酒如同

开往塔克拉玛干的火车

喝水,那种意味深长的笑也始终在脸上凝结。他突然意识到,吕丽绝没有他想象得那么简单,真正缺乏见识的是他这个门外汉。一种看不见的东西又紧紧束缚住他,他刚刚展露出来的自我已经无影无踪,最终,他像一个硬核桃似的缩在那儿……

女人是快中午时下的车。快到车站时,女人说她到了。他明白女人的意思,这是向他道别。他站起身说,我送送你们吧,我真的很喜欢这个小家伙。此刻,婴儿已经醒了,正目不转睛地瞅着他。女人没有拒绝,由着他拎着她的一个包裹。

苏省一直把女人送到站台的楼梯口附近,女人转过身说,真是谢谢您啦,快回车里吧。苏省把手里的包裹微笑着递给了她说,但愿你婆婆没什么大碍,也希望你们一家都好。女人笑了,向他道谢,也向他祝福,女人走到楼梯口时又转了一下身,她又笑了,目光里却有了一丝不安。他回到车里坐下时,才回味出女人目光里的不安,那是对他这个陌生人的一丝莫名的担忧……

车厢里还在上人,一位老大爷佝偻着身躯走到他面前,手里提着一个硕大的红蓝相间的塑料编织袋,苏省主动站起来,想帮老大爷把编织袋放到货架上。老大爷面无表情,没有拒绝,也没有说声谢谢。接过来后,编织袋沉重异常,苏省用尽全力,编织袋在够到货架边上时,又掉了下来。老大爷在下面接住了,然后又面无表情地把编织袋稳稳地放在了货架上。轮到苏省难堪了,他更惊讶的是老大爷一身不显山露水的力气。

老大爷坐在他的正对面,还是习惯性地佝偻着脊背,脸上纵横交错的沟壑里浮动着细小的灰尘与暗色。苏省嗅到了旱烟特有的苦味,泥土在正午阳光下曝晒时的泛出的盐碱味,还有庄稼在五月的风中散发出的青青的涩味……老大爷注意到苏省那痴呆呆的目光,他并没有回避,但他眼神开始泛虚,像在用神思审视着自己的五脏六腑……而这,简直像绝了苏省的父亲。

苏省婚后带着吕丽回村。这是父亲第一次见吕丽。苏省在北京办婚宴时,父亲没有来,只是让苏省的弟弟代表整个村参加。见着吕丽,父亲只是低头吧嗒着旱烟。吕丽亲热地叫了声爸。父亲的身子抖了一下,但他没有回应,连噢一声都没有。吕丽顿然变色,更难堪的是苏省,他知道自己的整个家庭早已接纳了袁静。他安慰吕丽说他父亲就这性子,不爱说话。吕丽的脸色才算好看了些。父亲竟然没提给他们在村里摆婚宴,这是村里最起码的规矩与礼节。婚宴是村里有脸面的人帮着操持的,但在婚宴上父亲照例是一言不发,一杯酒不饮,只是低头拼命吸着旱烟。办完婚宴的第二天凌晨,苏省就带着吕丽走了,在父亲压抑着的沉默面前,他走得仓皇失措。

从此,本来就少言寡语的父亲在他面前就像彻底失去了语言。他帮着弟弟和妹妹安顿到省城,父亲没有言语,他给弟弟买了房,父亲还是没有言语,纵使他通过关系,给村里修了路,那对村里来说可是天大的事,全村的人都对他感恩戴德,说他出息了,更没忘本。当时为这事,他还专门回来了一趟,但父亲望着他,混浊的眼神里迟疑着什么,最终哆嗦着发黑的唇,还是没能说出什么。

五年前,父亲病重,吕丽主动帮他联系好了北京的一家权威医院。他回到省城的医院去接。但父亲不来,他只好给父亲跪下,但倔强的父亲至死都没心软。他只好留下来照顾父亲。父亲弥留之际,终于开口了,父亲说,你也不容易,我都知道,但,但当初你回

开往塔克拉玛干的火车

来就好了,就都好了……父亲走了,父亲的遗言让他感到痛彻心扉般的苍凉与无奈……

老大爷眼里的虚光又慢慢变实,混浊的眼神像一把钝刀递了过来。苏省几乎承受不住,他错过老大爷的眼神,注意到老大爷旁边那个穿黑色夹克的人,他戴着一个灰色的鸭舌帽,遮住了他大半个脸,倚着靠背像是睡着了。但他嘴角处的一颗黑痣格外醒目,一股凉气沁入苏省心底,那几乎是和宋平一样的黑痣,同样的位置,同样的大小,甚至同样的成色。

宋平和他一样来自农村,也是名校毕业。他当科长时,宋平是副科长,他当处长时,宋平是副处长。只不过他们来自两条线,他跟着厅长,而宋平跟着书记,只不过厅长强势,说到底更是厅长上面线上的人势大。在交通厅两个阵营便呈现出一边倒的架势。虽说书记那边也有小动作,但泛起的硝烟很快便自行散去,无关大局,更无关痛痒。宋平给他当副手时,很懂规矩,活他干,由苏省单独给上面领导汇报。宋平在一处当处长时,一处的人甚至都看不出他俩是搭档关系。一处开会时,苏省讲话,宋平在下面点头称是,间或起身不断地给苏省杯里续茶,纵使苏省没来得及喝,他也想法再续上一些,哪怕是一滴也好,一滴也是一种态度,也是一种政治,纵使苏省的发言稿大部分也都是宋平主动帮苏省写的,活生生把自己摆在秘书的角色。

苏省调到二处半年后,宋平曾单独请他喝过酒。酒的前半场宋平都是在怀旧,讲青少年时的农村生活,讲过去所吃的苦。苏省颇有同感,在宋平的苦中回忆着自己的苦,酒也在不知不觉多喝了几杯。铺垫得差不多了,宋平提出了自己的诉求。他想去二处。

宋平脸上的神情无比真诚,他说苏省是他少见的真正有作为的领导,他最大的幸福就是给苏省当副手。在酒精的刺激下,苏省多少有些飘飘然,虽说二处那两个副处长也不错,但与宋平相比,少了那份质朴甚至略显笨拙的劲头与才干,更少了那称心入骨般的恭顺与迎合。苏省又迟疑起来,他想到了宋平的背景。宋平正望着他,目光里甚至有一种乞求。一股豪气涌了上来,他甚至想起了那句"出身不由己,道路可选择"……他最终对宋平说他试试。

第二天,苏省就找到了厅长,说能不能把宋平调到二处来,二处不是还缺一个副处长嘛,他们合作过三年,宋平有才干懂规矩……一向温和的厅长第一次在他面前严厉起来,阴冷的眼神里就像扭动着两条蛇。苏省的冷汗顿时下来了。厅长还是慢悠悠的语气:宋平能干难道我不清楚吗?就是因为他能干,才不能去二处,二处是不能有半点闪失的,那是我们的立足之本啊,小苏啊,你还是年轻,有时间要多和你岳父聊聊……

苏省回头找到宋平时,说得委婉而巧妙,说现在时机不对,再等等。宋平没有流露出失望的神情,一丝一毫都没有,宋平说结果不重要,苏省能为他的事找上面言语,他已经感激不尽了。苏省很受用,不免感慨,毕竟是从农村里出来的,质朴、实在。感慨完的几天后,苏省又隐隐觉得不对劲,宋平当时那种平静的神情后面总像是隐藏着什么,苏省头都想大了也没真正琢磨出个所以然,干脆不再多想。

苏省提为副厅时,第一时间给他打电话祝贺的也是宋平。宋平在电话里竟然激动得语无伦次,他说凭苏省的才干,早该提了,苍天有眼,苍天有眼呐……

苏省提为副厅后,那时的宋平还在一处副处的位置上原地踏

开往塔克拉玛干的火车

步。虽说他分管二处,和一处的交道也不少。当有什么事要和一处协调时,苏省一般都找宋平。宋平从不推诿,办得干净利落,汇报时话更是说得暖人肺腑,一副唯苏省马首是瞻的架势。

苏省升为副厅的第二年,终于给了宋平实质性的回馈。那次党组会上就是研究正处级干部。分管人事的副书记把民主评议作了简要汇报,宋平竟然排名第一。厅长不免有些诧异。苏省却一点不觉得意外。宋平谦恭,甚至自贱,他的主动示弱很难让别人把他视为对手。由于苏省曾经和宋平搭档过,厅长让苏省先说。苏省给了宋平充分肯定。苏省说完,别人就不好再提什么反对意见,就等于定下了基调,党委会最终一致通过。公示完,宋平找到苏省,哆哆嗦嗦地说,大恩不言谢……宋平说不下去了,眼圈都红了。苏省也有些感慨,他拍拍宋平的肩膀说,咱们都是从农村出来的,应该的,都不容易……

岳父退休后,喜欢听苏省聊单位的人事。用吕丽那半是调笑的话说是给苏省发挥余热。岳父确实老辣,苏省人事上的"疑难杂症",岳父把握得极准,并且使人豁然开朗。但苏省从没有在岳父面前提过宋平,他觉得宋平实在不值一提,连隐隐的威胁都构不上。那次提起宋平,还是别人的别的事带出了宋平。岳父当厅长时宋平其实也在单位,但厅长对宋平几乎没有任何印象,这怪不得岳父,单位几百号人,那时的宋平连个小角色都算不上。当岳父听说现在的宋平已经是处级干部,岳父有了兴致,让苏省把宋平的情况详细说了一下。苏省说了。岳父的神情却有了疑虑。岳父说,这样的人要引起高度重视,尤其他还是另一条线上的……苏省不以为然,但不好反驳什么,只是笑笑。岳父又阴冷地说,从农村出来的,能在人事上搞得一团和气,野心不小,一旦得着时机,会成了非常危险的竞争对手……苏省难堪了,他想到了自己,他也是从农村出来的……

苏省就着黄昏开始了晚饭,而他对面的老大爷也是方便面,不过老大爷用的是自己的一个白色搪瓷缸子,方便面也是老大爷提前备好的,比火车上的要便宜。老大爷吃得山响,暗黄的额头上沁出了一层细密的汗水。父亲吃饭时也是发出地动山摇般的响声,像是对食物发出的一种敬畏般的回声与呐喊。一种默默的温情在苏省心里流动着。老大爷抬头望了他一眼,他对老大爷笑笑。但老大爷没有任何表情,苏省错过老大爷的眼神,戴鸭舌帽的人仍然把帽子拉得很低,他还睡着。

快看,那座桥……过道那边座位上的一个中年妇女发出了一声惊呼。

真漂亮……另一位乘客也发出了由衷的赞叹。

苏省偏过头望着过道那边的窗外,一座雄伟而壮观的桥向后奔跑着,在黄昏中宛如一道绚丽的奇迹。

像彩虹桥,造型和气势都像……一位中年男人发出了评价。

对,是像,但愿不要像彩虹桥那样,真是造孽,死了二十七个人……

不,是二十九个,绝对是二十九个,真是造孽……

苏省像被一只马蜂蛰了似的,头皮一阵发麻,他的目光从过道的窗外龟缩回来,正迎上老大爷钝刀似的眼神,他又赶忙望着窗外,窗外是一排排向后奔跑的树木……

彩虹桥项目立项后,吕丽把一家建筑公司的老总推荐给苏省。

开往塔克拉玛干的火车

苏省又把那位老总推荐给二处的处长。苏省话说得巧妙,说只是认识而已,一切公事公办,该怎么招标就怎么招标。二处的处长心领神会,笑着说,那是自然。结果便是那家公司自然而然招上了标。两年后,彩虹桥建好,还获了个业内的省级奖。又两年后,彩虹桥突然坍塌,二十九个人当场死于非命。

事情出来后,苏省一阵心悸,他心悸的是这件事的后果可能会牵连到他。好在那家招上标的公司把项目又转给了另一家公司。苏省当时就觉得招上标那公司的老总或许就是个傀儡,背后真正的老板可能就是吕丽。但他没问,只字不提,这对吕丽好,同样,对他也好。吕丽也是第一时间知道了彩虹桥出事了,她轻描淡写地安慰他说这事跟他半毛钱关系都没有,跟她也是。苏省不好多说,只是阴冷地扫了她一眼,吕丽没有发作,只是笑笑。

苏省还是不放心,专门把二处的处长约出去钓鱼。上好饵,抛下鱼钩,浮子在平静的湖面上颤动,苏省过问起彩虹桥的事来。二处的处长的注意力好像只在钓鱼上,他淡淡地说,一切都是按规程来的,放心。苏省的垂钓技术还是不错的,但那次,他一条鱼也没钓上来,倒是二处的处长,一条接着一条。看着二处处长钓上来的十几条大小不一的草鱼与鲤鱼,他浮躁的情绪慢慢归于平静,他真放心了。事情果然像二处处长说的那样,不相干的责任人受到了应有的惩罚,但他什么事都没有……

天暗下来了,窗外还是一排排树木,黑魅般的陌生,迅急地擦着他的视线后退,在后退的过程中,那根根树木变得弯曲,虚幻,就像重新飞升起来,再次在前面的铁轨上出现,循环往复,如同二十九个不死的魂灵般在向他发出无声的控诉与责问……曾经在他麻木的意识里,那二十九个人不过是二十九个冰冷的数字罢了,事情过了,一切就都过了,他更是在加速中把那二十九个数字彻底遗忘了……然而此刻,那二十九个数字却顽强而倔强地透出生命的气息来……他们是父亲、母亲、儿子、女儿甚至孩童,他们那颗鲜活的心本该继续跳动,为了家人与朋友,为了朴素的爱与思念,为了朴素的生活,然而他们全被卡在事发时间的二〇一一年三月下午的五点三十一分,他们的灾难是短暂的,甚至瞬间无声无息,而那二十九个家庭的痛苦与灾难却是永远的,他们的离去让爱变得缺失,让命运走向冷酷,让世界成为灰色……一股奇异的热流继续在苏省脑海及身体里涌动,那是来自二十九个生命发出新鲜的欲望、念头、焦虑、嘶吼与呐喊……他与他们未曾谋面,然而此刻,在隆隆作响的机车里,在向黑暗中行驶的空间里,他看到了一张张生动的面孔,在雨后的暗夜里闪着光,在逝去的黄昏里发出的一声声叹息,在告别的清晨与即将到来的崭新的日与夜沉默不语……他忍不住发出了一声痛苦的低吟,他禁不住了,禁不住这些复活了的生命,禁不住这迟到的苏醒与忏悔……苍天啊,他更震惊的是自己曾经的冷酷与麻木,这到底是怎么啦,他到底是怎么啦,一种巨大的愧疚与悔恨席卷了他,他用手紧紧捂住自己的脸,但眼泪还是汩汩地流了出来,打湿了他的掌心,并顺着他的指缝顽强地渗透出来,在他无声的泪水中,他的身体的内部如同一个起伏的山谷,发出海啸般悲天悯地的哭号……

夜已经很深了,苏省毫无睡意,坐得笔直,如同体内有一种东西生长出来,支撑起他的筋骨,他清楚地感觉到了,就像受到了一种洗涤与净化,他甚至能嗅到体内散发出来的小白杨般的气息……

开往塔克拉玛干的火车

火车在不知名的一个小站停了下来,两分钟后,火车又隆隆启动了。苏省迷惑了,他从火车迟缓的启动声中依稀听到老牛发出的沉重的喘息声……这是一列绿皮火车,遇到几乎所有与它相错的火车,它都会被迫停下,在沉默般的屈辱中等待与退让,同样,经过所有的大大小小的站台它也会停下来,一个都不会遗漏,接纳与送出每一位黯淡的乘客。几乎没有一个有权有势的乘客会选择这样逼仄而散发着汗臭味的迟缓的绿皮火车,同样,它也不运载傲慢与偏见,也不运载沾满铜臭气的交易与LV、香奈儿等奢侈品。它只承载农民、打工者、穷学生、盗贼、残疾者……它只输送着贫穷与卑微,被疾病吞噬着的坏脾气与不好的命运,但也装载着泥土的气息,乡村的旧事,泛着馊味的家长里短,黯淡着的生活,黯淡的光……苏省全身的毛孔在暗夜里一张一合,体味着绿皮火车的每一声沉重的嘶吼与震动,体味着它母性般的包容与悲悯,他甚至有些陶醉了,绿皮火车宛如向前延伸着的大地的怀抱,正在黑夜中驶向春天……

黎明时分,苏省醒了,和他一起醒的,照例是一轮新升起的太阳。老大爷还睡着,垂下的头颅在火车的晃动中来回轻摆,一起摆动的还有老大爷嘴角半挂明晃晃的涎水。

戴鸭舌帽的人也醒了,他的帽子已经正常归位,模糊而隐藏的脸露出清晰的轮廓。他的左脸上有一道暗色的伤痕,他也正看着苏省,目光里有一股子凶蛮之气。苏省对他笑笑,注意力最终还是落在了那颗像宋平一样的黑痣上。

没想到岳父一语成谶。事情最初的起因出自苏省他们,那个隐隐的"线头"出事了,落到单位的实处便是厅长提前一年退休。

那时的厅长已兼着书记,他的提前退休对苏省非常不利,厅长已经数次给上面推荐过苏省,上面的组织部门也数次下来考察过苏省,不出意外,苏省扶正应是水到渠成的事。但现在出了意外,连家里的气氛都变得凝重起来,虽然大家都不明说,但苏省从岳父的阴郁的神情中,就能捕捉到事情的严重性。更让苏省没想到的是,岳父突发心梗,没有任何预兆地离开了人世。岳父的死,让吕丽倍受打击,他第一次从她的眼神里看到了空茫与虚弱。

宋平就是在这时被上面任命为副厅。这出乎所有人的意料。但一细想,又在情理之中,宋平自己的那根线并没有断,何况现在又走到了明面。与苏省相比,他现在才是真正有背景的人。纵使新调来的厅长兼书记对宋平也是另眼相待,让宋平除了一处还分管人事。

当上副厅的宋平对待失势的苏省毫不手软。他首先拿二处开刀,二处的处长竟然被人实名举报受贿。举报人是一家公司的老总,如果不是得了巨大的好处与明示,他绝不会采取两败俱伤的方式。纪委进驻二处。二处开始还是铁板一块,但不断有线索采用匿名的方式传递给纪委,纪委顺着线索一点点查。二处终究禁不住查,不光处长有事,还牵连到三位副处长。处罚完毕,二处便是合情合理地大换血,换的都是宋平推荐的人。

苏省是事后才得知给纪委递消息是宋平在背后操纵,他不禁暗自懊悔,看来这些年他实在是太顺了,变得骄狂甚至愚蠢,他居然忘了居安思危这种浅显的道理,更忘了去提防宋平这种小人。还是岳父说得对,宋平所有的恭顺与谦卑不过是审时度势的无奈之举罢了,一旦他得势,会把内心压抑的屈辱与仇恨加倍讨还。想起岳父在世时的再次警告,他不免不寒而栗,但他只能追悔莫及地

开往塔克拉玛干的火车

发出一声长叹,现在大势已去。二处是苏省的根基,现在根基被毁,他还要承担连带责任。他在党组会上做检查,在全体大会上做检查,还在党内背了个处分。虽说他还分管二处,但二处已经和他离心离德,他甚至连一根针都插不进。

宋平步步为营,步步紧逼,接着便是瓦解苏省和前厅长培育起来的势力。那些跟随苏省的人说到底跟的是权势与利益,看到苏省及苏省的背景失势,纷纷改弦易辙重换门庭。当然还有几个死党,那是受了前厅长与苏省特殊的好处,利益已经死死捆在一起。但那几个死党对宋平来说简直小菜一碟,先是工作上的问题,然后又是生活作风上的问题,件件铁板钉钉,宋平处理得光明正大,甚至两袖清风。那几个死党落魄的结局无疑像是宋平发出的无声而又凌厉的警告:看谁还敢跟着苏省走,这就是愚忠的下场……苏省在单位最终落到孤家寡人的地步。

宋平继续一副痛打落水狗的架势。在年底的年度考核评议上,宋平又做了手脚,打了招呼,苏省竟然有百分之二十票数不合格,被上面找去约谈。宋平这手确实狠,狠得让人心惊肉跳,这已经突破了起码的原则与底线。

宋平还不罢休,对苏省施以"凌迟"酷刑。过去苏省给二处开会,整个会场鸦雀无声,无论怎么说他还是上面组织部门任命的副厅级干部,起码的规矩还是得有的。但现在苏省连会都开不下去了,下面有看报纸的,有交头接耳的,整个会场如同一群绿头苍蝇在苏省头上盘旋。苏省想发作,知道其中的缘故,更知道是谁在授意,只好忍了,他气急败坏地去端茶杯,竟然是空的,二处的人嚣张到连茶都不让他喝一口。不仅是二处,别的部门,别处的工作人员都用一种异样的眼光看待他,纵使打扫卫生的临时人员看见他也犹如洪水猛兽,生怕由于和苏省多说一句话落得个丢掉饭碗的下场。

对苏省这样的人来说,权势几乎是他唯一的脸面与尊严,但在宋平密不透风的攻势下,他的权势成了一个空壳,他输得体无完肤。现在对他来说,在单位上班的时间,犹如受辱的过程,同事们那复杂而又异常清醒的眼神犹如一把把刀子,把他的尊严一刀刀割下,让他生不如死,更犹如行尸走肉……

苏省心灰意冷,精神恍惚,焦虑不安。在办公室的时候,他开始习惯把办公室的门紧紧关上,在虚空的孤独中他总在想起什么,总在怀念什么,他喃喃自语,像是对着白墙说话,更像是对着过去风光无限说话……门突然被敲响了,他浑身哆嗦,吓了一跳,当那些臆想从脑海完全走干净了,他才发出干涩的声音:请进……一个人在家的时候,他又突然狂躁不止,在假想中对着宋平破口大骂,甚至大打出手。他无法入眠,纵使艰难地睡着了,又往往噩梦连连,大声尖叫,冷汗满身,他只好和吕丽分床睡……有时,苏省实在透不过气来时,想找宋平和解,毕竟他们都是从农村来的,他现在什么都不会和宋平争,他出局。但这也只是一转念而已,宋平怎么可能会停手呢,他自己都觉得这一想法幼稚可笑。

那天在党委会上,宋平又开始挑事,苏省实在忍无可忍,他站起来对着宋平破口大骂,骂得宋平目瞪口呆,苏省还不解气,上去就给了宋平两记响亮的耳朵。宋平愣了,苏省也怔住了。但宋平很快镇定下来,长出了一口气,甚至面带诡异的微笑。苏省心里一直绷着的一种东西也落下了,他感觉了轻松,虚空……他用手在大腿掐了一把,他丝毫没有感到痛。苏省困惑了:难道一切又是在梦中……

开往塔克拉玛干的火车

早上十点,火车又停了。停下的前几分钟,老大爷站起身来,不用说,老大爷到站了。苏省也慌忙站起来,从货架上帮着老大爷取红蓝相间的塑料编织袋,老大爷伸出去的手僵住了,目光里转动出困惑还有一丝不屑。苏省的脸被编织袋挣得泛红,但好在,他托住了,就像一股神奇的力量重新注入他的体内。老大爷的嘴哆嗦了一下,想吐出什么,但最终还是一个字没有说出,只是他混浊的目光开始发散,变得虚空。老大爷下了火车,而苏省还在回味着老大爷那奇怪的目光,终于他笑了,他感到了那目光背后的一抹温情……

下午四点,苏省从火车上下来。他没有出站,而是站在站台上,望着那辆斑驳的绿皮火车。三分钟后,绿皮火车再次出发,发出迟缓而隆隆的响声。苏省被一种圣洁情感打动了,他的眼睛湿润了。

从火车站出来,在他面前的便是一座完全陌生的城市。这些年,他一直都在躲避这座城市,为数不多的几次回来,他出了火车站就打车回村,甚至都不敢回头多看一眼,硬生生地与这座城市擦肩而过。说到底,他一直都在躲避袁静。

虽然无常县城五年前升为市,人口增加不过十万,过去的脉络还在,筋骨还在,其实从今天早上开始,他就在脑海里想象着这座沉睡在他记忆里的城市,想象着它现在可能的规划、布局、街道的宽窄,路边种什么品种的树木。他震惊了,一切竟然和他想象的别无二致,街道的宽窄是他想象的宽度,路边果然种的是柳树,就连市中心那座标志性的建筑朝西不到二百米的地方会有一排等待拆除的老平房他都想象到了,不,预见到了……苏省抬头望了望天空,他突然意识到冥冥之中一定有什么提前打开了他的慧眼。

绿皮火车

苏省没有打车,只是走,一直走,火车站在城东郊,而袁静家在城西,老城区,柳树巷23号,他要是没记错的话,这应该是过去袁静父亲的家,难道说袁静一直都没有离开过家,还是说袁静由于现实的困境又搬了回来。

地址是弟弟给他提供的,当他给弟弟打电话说要袁静的地址时,弟弟有了片刻的迟疑,弟弟最终还是给他说了地址,但语气干涩而陌生。此刻,站在市中心的标志性建筑物下,他又有了片刻的迟疑,他掏出黑屏的手机,但最终还是没有打开。他又想起了弟弟那陌生的语气。其实,陌生的何止是弟弟的语气,当然,也包括妹妹。虽然这些年见面的机会不多,但自从父亲去世后,他再忙,每年清明都会回来,给父母扫墓。扫完墓,他都会刻意多留下一天,和弟弟妹妹聊聊,亲近亲近,毕竟弟弟妹妹已是他在这个世界上仅剩的两位亲人。但弟弟妹妹在他面前几乎是毫无二致般的拘谨,他问什么,他们回答什么,没有过多的言语,更没有市井的家长里短,纵使神情也是敬畏有加,把别的东西死死压在下面。他多少有些失望,他怀念他与弟弟妹妹曾经的亲昵、打闹甚至没大没小。难道是他的身份与地位变了,让弟弟妹妹觉得遥远而陌生,不敢亲近,可他们毕竟是兄弟,是兄妹。就拿袁静来说,弟弟和她有联系,妹妹和她也一直有,纵使父亲在世时,袁静也曾到医院看望,唯独把他排除在外。他困惑了,甚至无助,但他不得不承认,他除了在物质生活上给予了弟弟妹妹极大的帮扶,他再也没能给弟弟妹妹提供什么,要不是那条血脉把他们联系在一起,他和弟弟妹妹几乎是来自两个世界的人……

下午六点,苏省站在了柳树巷的巷口。他朝着幽深的巷子望了一眼,浑身不禁哆嗦起来。

开往塔克拉玛干的火车

六年前,弟弟突然给他打了一个电话,在电话里弟弟扯了半天,他也没搞明白是什么事。他不禁有些烦躁,问到底是什么事。弟弟终于说了。弟弟说,袁静姐的丈夫出了车祸,被撞成了植物人。

苏省震惊了,一股钝痛从心底涌了上来,弟弟是什么时候挂的电话,他不知道,他只是傻呆呆地坐在沙发上,努力回想着什么,又像是什么都没想。除了对袁静的愧疚,他更觉得命运对袁静的不公,那是多好的一个女人啊,他眼里的泪最终流下来了。

但他的悲伤与钝痛一点也没有影响到他的现实生活。四个小时后,他准时赴约。当他戴着墨镜敲响一家五星级宾馆的"999"总统套房时,房门瞬间打开了。他进去后,摘掉墨镜,女人的本色便呈现在面前。女人年轻,漂亮,甚至有一种脱俗的气质。她是一家建筑公司的老总,还不到三十。第一次在饭局上见到她时,苏省的眼前不禁一亮,打动他的不只是她的相貌,她竟然有着白天鹅般的脖颈,那一刻,他想到了袁静。女人当然注意到苏省眼里的光,但她只是笑笑,只是不动声色地留下了苏省的联系方式。

他们单独见面的第三次,苏省终于情不自禁地把女人拉入怀中,长久而痴迷地吻着她和袁静类似的脖颈。苏省的专注同样感染了女人,女人在娇喘中把苏省的左手有意无意地拉到她丰满而挺拔的胸脯上。和女人的第一次,苏省的感觉好得简直灵魂出窍,吕丽根深蒂固的蛮横及她家庭背景带给他的压制,在那一刻一下子烟消云散,他轻松如羽,如同自由本身。女人还有更好的,女人理解他一切的来之不易,女人就像一条看不见的幽灵般隐秘地在他的生活中出现,从不抱怨,更是守口如瓶。女人的善解人意,让他再次想到袁静。更让苏省惊讶的是女人从不主动问他开口要项目,都是他主动给,甚至是迫不及待地给。女人还在为他担忧,一遍遍问他会不会有事,会不会给他带来不好的影响。他真感动了,经过近两年的相处后,他蓦然发现女人得到的项目多得让自己都吃惊,但他不愿去多想,去评判这是个冰雪聪明的女人,他只愿意相信那是爱情……

那次与女人的幽会,由于突然得知袁静的变故变得离奇而古怪,更让他没想到的是女人还真是个幽灵,当他失势之时,嗅觉灵敏的女人仿佛如空气般在人间蒸发,这就是他所谓的爱情……

他想起来了,站在柳树巷的巷口,他想起了那个下午的悲伤与钝痛,更想起了四个小时之后闪着刀子般寒光的幽会……没错,那是在无形之中千里之外捅向袁静的一把刀子,此刻,一阵彻骨的寒意却袭遍他的全身,他不由打了个寒战,在无以复加的羞耻中,他更震惊的是自己竟然能如此的冷酷与无耻。袁静差不多为他付出了近八年的赤子之心与青春,然而这些,只换来他片刻虚伪的同情,如同袁静是一个屏幕上的人物,一个陌生人,他什么都没有做,像是为了逃避曾经良心的追捕,在得到新的信息后,他一下子逃得更远。他到底被什么给蒙住了心啊!他想到了弟弟妹妹眼神里的陌生,他突然明白,官场上的那些勾心斗角尔虞我诈已经占据耗费了他全部的心力,他是一个断裂的人,跟过去、跟亲情、跟乡土甚至跟记忆都斩断得干干净净,再也散发不出半点人的气味……苏省的膝盖一阵阵发软,他差不多要跪下了。

起风了,风一下子很大,吹得他几乎睁不开眼,地上的一张白纸被风吹了起来,又在巷口两股不同气流的僵持下,来回飘动,发出哗哗的响声。苏省微眯着眼望着风中的纸片,纸片还在动,还在

开往塔克拉玛干的火车

响,如同注入了新鲜的生命,更如同袁静悲悯而平静的眼神……一股暖流注入心底,但他颤抖得更厉害了,他知道自己为什么要回来了,当他从静安寺出来的那一刻,他就知道自己该启程了,无论他多么冷酷与自私,袁静母性般的慈悲与大度都在等待着他,无须他的忏悔,更无须他的痛哭流涕,回来就好,哪怕只看袁静一眼,他觉得都能重新获得拯救,获得彻底的安宁……

风停了,苏省走向小巷深处,一个黑色的人影伫立不动,近了,那是吕丽。苏省有些困惑,弄不清她怎么会在袁静家门口等待他。但他知道吕丽一直在疯了般地找他,他想到了弟弟,其实不用弟弟,或许她也知道他的全部心思,甚至包括那位幽灵般的女人,他见识过她的神通广大,她之所以隐而不发,或许是因为这些在现实利益面前太微不足道……

吕丽浑身也在抖,那是气愤所致,苏省从她愤怒甚至有些仇恨的目光里看到了她的执念,不用说,吕丽一定恨他是个逃兵,还没有到最后关头绝不能输,毕竟为了把他扶到副厅的位置上,她和岳父付出了巨大的心力,她甚至还赌上了自己的婚姻……

苏省望着吕丽突然觉得她有些可怜,现在在他看来,她在意的那些简直不值一提,不过是自作自受地扬起的一把尘土而已,迷了自己的眼睛,更迷了自己的心智与灵魂……苏省望着吕丽笑了,笑得悲凉而又大度,悲悯而又凌厉……

苏省的笑对吕丽来说离奇而又古怪,这简直是一个完全陌生的苏省。吕丽眼里的愤怒消失了,取而代之的是一种迷惑甚至恐慌,她下意识地紧紧捂住斜挎在身前的LV皮包的端口。此刻,在那只黑色皮包的夹层,静静躺着一张病理论断书:姓名:苏省;性别:男;年龄:48;病情论断:精神分裂症……